月夜 涙

イラスト 新堂アラタ

転生王子は[てんせいおうじは れんきんじゅつしとなり こうこくする]錬金術師となり興国する 2

Reincarnated prince make prosperity in his homeland.

ヒバナ
ヒーロ

さあ、行こう。
海の彼方にこそ、
俺が求めるものがある。

サーヤ

「助けてくれるなら、
あなたに尽くします。
全部、全部、あげます。
ドワーフの力も、
私の心も、私の身体も」

居住予定の島に着いた。
ここが一発目であり本命だ。

「理想的な移住先ですね」

CONTENTS

転生王子は錬金術師となり興国する2

月夜　涙

GA文庫

カバー・口絵　本文イラスト
新堂アラタ

プロローグ・転生王子は目覚める

収穫祭が終わり、俺《おれ》は次期国王になると宣言した。

きっと、もう少しすれば塩王子だとか、小麦王子とかそういう愉快なニックネームから解放されるはずだ。

そんな期待を胸に新しい朝を迎える。

目を開く、頭がずきずきと痛む。

体を起こし、布団《ふとん》を捲《まく》ると硬直した。

「なんでヒバナがここにいる」

そう、俺の騎士であるヒバナが隣で眠っていた。

服は着ているが、寝間着のため薄着だ。

「ひどいわね。ヒーロが連れ込んだのに。所詮《しょせん》、私のことは遊びだったのね……」

俺の声で目が覚めたのか、ヒバナも体を起こすと、目をこすり伸びをしてから、よよよと泣き崩れる。

ちょっと待て、昨日のことを思い出せ。

あのあと壇上から降り、そうだ、城に帰らずに収穫祭で民と一緒にバカ騒ぎをした。

エールがなみなみと注《そそ》がれたジョッキを持ちながら。

……そういえば、酒なんて転生してからほとんど飲んでないな。

それで、酒のうまさで気が良くなって、周りもどんどん勧めてくるからどんどん飲んで、それから……記憶がない。

寝間着のヒバナがこちらを見ている。

記憶がないが、ヒバナは俺が連れ込んだと言った。

つまり、やらかしたのか？ 俺はやらかしたのか？

「そんなふうに申し訳なさそうな顔しないで。ふふふ、さっきのは冗談よ。酔いつぶれたヒーロを私が介抱したの。べろんべろんになってるからけっこう重かったし、部屋に戻るなり盛大に吐いて、大変だったのよ？ 部屋を掃除したり、体を清めて、着替えさせたり」

「すまなかった……本当に悪いと思っている」

あまりにもかっこ悪すぎる。

軽く死にたい。

こんな醜態の晒《さら》し方は初めてだ。

「ヒバナ、この埋め合わせはさせてもらう」

「そんなのいいわ。ここ最近気を張り詰めすぎていたせいでしょうし。それに酔うと素直にな

るのね。可愛《かわい》かったわ」

「いったい俺は何をして、何を言ったんだ」

「たいしたことじゃないの。でも、ちょっとプライドを傷つけられたから仕返しに悪戯《いたずら》をしたのよ」

そう言って、ヒバナは微笑《ほほえ》んでベッドから下りる。

普段から綺麗《きれい》だと思っているけど、今のヒバナは見惚《みと》れるほど綺麗だ。

「プライドを傷つけられたか。あまりはぐらかさずに教えてほしい」

それにより、俺がやらなければならないことが決まる。

「私の胸に顔を埋めて、姉さんって甘えた声を出して抱きついてきたの。あなたに甘えられるのは悪い気がしないけど、さすがに別の女性と勘違いされるのは屈辱ね」

「その、重ね重ねすまない」

「お姉さんのこと大好きなのね。……もしかしてシスコンという人種なのかしら」

「違うと言いたいが、信じてもらえなさそうだな」

「そうね。でも、別にシスコンでもいいのよ。あなたは私の王、昨日の演説、とっても素敵で、もっと好きになった。では、また後で」

「ああ」

頭ががんがんする。

そういえば、錬金術で作れる薬に二日酔いに効くものがあった。

ストックしてある薬草で作れるはずだ。

頭をすっきりさせて、しっかり働き名誉挽回しないと。

◇

収穫祭の翌日だが、さっそく仕事がある。

二人の兄に集まってもらった。

収穫祭を終えて、ひと段落したので次にどうしていくかを改めて話し合う。

「ヒーロ、いや、陛下。てめえ、人前に立つのが苦手だって言ってあれはなんだ」

「がっちり、民の心を摑《つか》んでいましたね。あなたには人を惹《ひ》きつける不思議な魅力がありますよ」

二人の兄さんが褒めてくれて気恥ずかしい。

しかし、二人の兄は苦笑して言葉を続ける。

「だが、そのあと、あれはねーよ」

「ヒバナさんには謝っておきなさい。今後、公の場では酒は控えるよう大臣として進言します。今回はうちうちの収穫祭で問題ありませんでしたが、外交絡みでやらかすとフォローしきれません」

「……その、すまなかった」

痛い教訓だ。気にしておこう。

アガタ兄さんがホワイトボードにさらさらと文字を書いていく。

このホワイトボードと専用ペンは、俺が錬金術で生み出したもの。

会議の際にあると便利なのだ。

「では、陛下の望み、この国を豊かにするという夢に必要なことをリストアップしていきます。まず、食料問題。魔物の肥料化で、この国の土地でも小麦が調達できるようになりました。が、魔物の出現数から逆算した肥料の作成量、その肥料で維持できる畑の面積は、この通り。今の三倍ほどが限界です。それ以上は畑を広げても肥料が追いつかなくなります。魔の森に足を踏み入れれば話は別ですが、それで狩りつくしたら終わりです」

肥料は定期的に撒《ま》かないと意味がない。

そして、あの肥料を安定供給できる畑の数には限界があるのだ。

その試算が必要だと思っていたが、もう動いてくれていたのか。

「アガタ兄さん、それでどれほどの人口が賄《まかな》える」

「おおよそ、三千人。人口が今の三倍までは耐えられるでしょう。しかし、国民が飢えなくなれば、人口は増えていく。それに、ヒーロはこの地へ人を誘致すると言っていましたよね？

この段階で心配するのは早いですが……問題が生じてからでは遅い」

「そうだな。それに、魔物がいつまでも涌《わ》き続けるという保証もない。魔物の肥料に頼らずに育つ作物、あるいは魔物を材料にしない肥料の精製を考えておく」

イモなどは、この地でも肥料なしに育った。

あのイモはそのままではあまりうまくない。だから、あれをベースに美味《おい》しく、収穫量が上がる品種にしてしまおう。

それから、もう少し野菜の種類を増やしたい。どこからか、新たな作物の種を手に入れられるよう手配をしようか。

「ヒーロ、こちらの優先順位は低いですが、考えておいてください」

さすがはアガタ兄さん。

的確な指示だ。

次にタクム兄さんが口を開く。

「二日前にも報告したが隣国……フラル王国から密偵が放たれている。捕らえたが、情報を吐かせる前に自殺しやがった。かなりきなくせえな。冬が終わるのと同時に戦争になることは覚悟していたが、いよいよ現実的になってきやがった」

「戦争が起こるのもそう遠くないだろうな。……今年は言い訳が利《き》くぐらいには塩を買ったとはいえ、疑問には思っていたんだろう。あの大国からすれば俺たちから搾《しぼ》り取っていた額なんて、さほど大きくないが、それでも収入が減ったことには変わりない」

フラル王国。

それはタクム兄さんが言う通り、非常に好戦的な国だ。

国内の発展ではなく、軍事に多額の金と人材をつぎ込んでおり、侵略して、略奪し続けなければ滅びる国だ。

周囲の国を吸収し拡大し続け、ついにはヒバナがいたキナル公国と同盟関係にある国々と隣接するところまで国土が広がった。

キナル公国はその兵数こそ、フラル王国には劣るが、世界最強の騎士団を保有する国。

フラル王国はキナル公国を敵には回したくない。

となると攻められる場所はなくなり、こちらに矛先が向く。

「ヒーロ、タクム兄さん、僕たちのやるべきことは変わらない。冬の間は向こうも動かないだろう。それまでに、こちらの軍備を増強する。勝てないまでも、戦えば割に合わないと向こうが思える強さまで」

「む、そうだな。俺は兵どもを鍛える。それから、兵の募集をかけたい。希望する数はこれぐらいだ。今のカルタロッサなら賄えるはずだ。むろん、半農のほうだな。騎士だなんて贅沢《ぜいたく》は言わねえ」

この国ではごく一部の精鋭を除いて、半農・半兵。

完全な職業軍人が少数しかいないのは、職業軍人を養うだけの体力が国にないから。

ただ、この国の半農は通常のものと微妙に異なる。

ここで募集するのは、次男や三男、あるいはほとんどいないがよそから来た者という自らの土地を持たないもの。

そんな彼らを雇い、開拓をさせ、国が保有する大規模な畑を使って組織的に農業を行うことで、効率よく作業する。

そうして余った時間で訓練を行うのだ。

効率的な農業により、収益が出る。そのため、そこから給料を支払える。

また、一定の年齢になると退職金代わりに土地をもらえて、私有地にできるのも人気が高い理由。

畑を自前で持っていない次男三男や、小作人たちは割がいい仕事と、兵を募集すれば応募が殺到するし、また勤め上げれば自分の畑を得られる、とモチベが高い。

これは、かつてアガタ兄さんが考案した方法だ。

これにより、完全な職業軍人ほどではないが、一般的な半農・半兵よりは、練度・士気が高い。

「俺もアガタ兄さんの意見に賛成だ。まずは兵の数がいる。いくらタクム兄さんの騎士団が精鋭揃いかつ、俺の作った魔剣を持っていても、限界がある」

戦いは質よりも数の要素が大きい。

むろん、錬金術で数の差を覆す兵器を作るつもりだが、限界はある。

できるだけ、数を用意する努力はしたい。

「アガタ、冬の間にがっつり鍛えてえんだ。今、募集しなきゃなんねえ」

本来なら悪手。

なにせ、この地方の冬は冷える。育つ作物がないし開拓もはかどらない。

つまるところ雇ってもできる仕事は多くなく、国庫にダメージを与える。

だが、だからこそみっちり鍛えることができる。

「いいよ。この人数なら、今のカルタロッサ王国ならなんとかできる。ヒーロ、その代わり、増やした兵を強兵にする兵器、しっかり頼むよ。増やしたのが訓練された普通の兵程度じゃ焼石に水だからね」

「わかってるさ。魔剣を携えた騎士団に匹敵《ひってき》するとまでは言わないまでも、向こうの一般兵を凌駕《りょうが》する武器は作ってみせる」

強力な武器。

それも、大量生産ができ、なおかつ扱いやすく、魔力持ちでなくとも使え、数の差を覆すもの。

となると、魔物素材だけじゃダメだな。

鉄が欲しい。

……そして、例によって例のごとく、この国にそんな資源はないと来た。まずは鉄を得るところから始めよう。

それからは個別に議題を話していき、最後のまとめを行う。

「アガタ兄さん、やり方は任せるから、可能な限り、戦争の開始を遅らせる時間稼ぎを頼む」

「やるだけはやってみるよ」

「頼んだ」

そして、次はタクム兄さんだ。

「タクム兄さん、新兵の教育、しっかり頼む」

「おうよ、冬の間に徹底的に鍛えてやる」

タクム兄さんの育てた兵士たちは質がいい。

そして、質以上に統率の取れ方が異常に高い。多くの騎士や兵士を見てきたヒバナですら、目を疑うほどだ。

おそらく彼が持つ圧倒的な強さとカリスマによるもの。

タクム兄さんの部隊なら、どんな武器だろうと使いこなしてくれる。

兵たちはタクム兄さんの手足のように動き、望み通りの作戦行動が可能だ。

二人に指示を出した。

なら、次は俺だ。

「俺は船を造り、海に出る。そして、鉄を手に入れて帰ってくる。不在時については、その権限全てをアガタ兄さんに託す」

その宣言にタクム兄さんは目を見開き、アガタ兄さんは薄く笑う。

「あのときの言葉は本気でしたか。たしかに、鉄が欲しいならそうするしかありませんね。この国は魔の森以外、どこに行くにもフラル王国を通る。鉄なんて大量に運べば、即反抗の意思があると兵を差し向けられます」

「だから船だ。船なら、陸路を通らないで済むうえ、大量の鉄を運べる。それしかない」

「んな鉄を大量に運べるような船、造んのに、いったいどれだけ時間がかかるんだ」

「まあ、一週間ぐらいかな」

「錬金魔術というのはでたらめですね」

「たまげたな。何百人もの船大工が半年はかけるはずだぞ」

さて、目標は決まった。

兵器を作る。そのためには鉄が必要で、鉄を入手するために船を造る。

これから大変になるだろうが、どうしようもなくわくわくしてきた。

鉄を運ぶ以外にも、この船はきっと役立つはずだ。

第一話・転生王子の船造り

船造りをすると決めたので、工房に移る。

時間がない。

冬の間は敵が攻めてくることはないと断言できる。

この地方の冬は厳しい。そして、あと一か月もしないうちに雪が降り始める。わずか一か月で戦争の準備は終わらず、雪が降り積もれば、行軍は自殺行為となる。

しかし、冬が終わればいつ攻めてくるかはわからない。

だからこそ、春が来るまでに戦備を整えなければならず、急いでいた。

俺《おれ》が欲するのは武器に使う材料だ。

大量の鉄がいる。船を造り、海の向こうへと鉄を採掘しにいく。

「……まあ問題は鉄を運べる大きな船を造るのに鉄が必要なことなんだよな」

鉄を手に入れるための船を造るために鉄を手に入れるのはおかしいが、仕方ない。

どうしても強度の問題がある。

運搬という点では問題はないのだが、座礁《ざしょう》などをすれば一発でだめになる危険がある。

問題は他にもある、木材を使えば工程数がかなり増える。

なにせ、金属であれば錬金魔術で溶かし、不純物を取り出す、あるいは合金にして、任意の形に成型できるのだが、木だとそんな真似《まね》はできず、加工が一々手作業だ。

……とてつもなく面倒で絶対にやりたくない。

「何を難しい顔をしているのかしら？」

ヒバナが問いかけてくる。

「いや、鉄を運ぶための船を造るのに、大量の鉄が必要でどうしたものかとな」

「……それ、詰《つ》んでないかしら。そんな状態で、船が造れると言ったの？」

「いや、なんとなく出来る気はしたんだ」

いい考えがある。でかい船だから難しいのだ。

「よし、決めた。小さい船を作ろう。小さい船なら、魔物素材で十分造れる」

材料は足りているし、加工も金属を使ったものより面倒ではあるが、木を使うよりマシで、小さい船であれば工程の増加も我慢できる。

「小さな船だと、海の向こうで鉄を手に入れても、ちょっとしか運べないわよね？」

「いや、それは違うな。小さな船で鉄を入手できるところまでたどり着いて、鉄を手に入れれば、その場で大きな船を造って帰ってくる」

逆転の発想だ。

なにせ、行きは俺さえ運べたらいいので、大きな船なんていらない。

そして、鉄を大量に入手してから、大きな船を造ればいいのだ。

「筋は通っているわね」

「そう決まれば、魔物素材で造ってしまおう。……ただな、問題がある」

「何かしら？」

「性能が良すぎるんだ。魔物素材は鉄より軽くて、硬いからな」

「それのどこが問題なの？」

「以前設計した、鉄の船、それとは別に一から設計しないといけなくなる。……いや、まあいいか。どっちみち俺の個人用の船は必要だと思っていたし、それぐらいの手間はかけるべきだ」

「あなたの個人用ってことは、きっとすごい船ね。私も乗りたいわ」

「船の概念をひっくり返すような奴《やつ》を造ってやる」

「ふふ、楽しみ」

いつか暇になったら、ヒバナとバカンスに出るのもいいかもしれない。そんなことを考えてしまう。

首を振り、現実のほうを見る。

まずは作業だ。やることは決まった。

羊皮紙を広げて、ペンを取り出し製図を始める。

以前から、船を造ること自体は決めていて、【回答者】で鉄を使った船の設計図は得ていた。

しかし、魔物素材を前提にした場合は材質が違いすぎて流用できない。

だから、改めて設計し直す。

「現在入手可能な魔物素材を使い、俺の技術で一週間以内に製造可能かつ、最大限の速度と強度を両立した六人まで乗れる船、その設計図を作る」

燃えてきた。

俺はなにも【回答者】がなければ何もできないわけじゃない。

伝説の錬金術師が残した資料で勉強したし、今まで独自の研究をしてきた。

理系の大学を卒業できるぐらいの物理学は修めている。

そして、そのままは使えなくても、【回答者】によって造られた設計図があり、それを参考にできる。


強度計算、浮力計算をやりつつ、俺が一週間ほどで造れるよう、錬金魔術を駆使することでなるべく精密作業が必要ないよう設計を工夫する。

材料は、工房のストックと少し森に入れば手に入る材料で造れるものという縛りプレイ。

……楽しいな。

昔から、こういう作業は嫌いじゃなかったと思い出す。

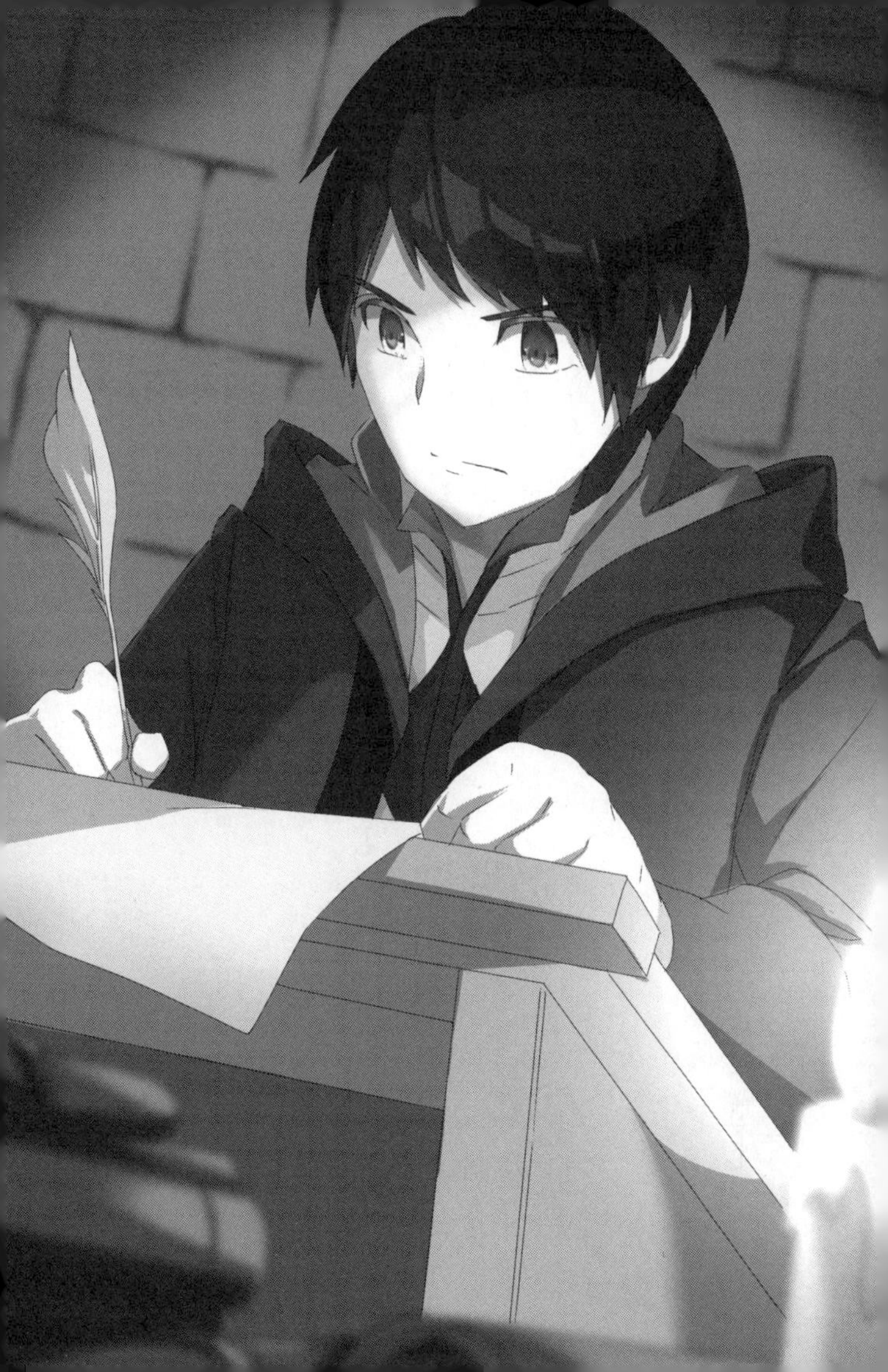

集中力が高まってきた。

このまま設計を終わらせてしまおう。

◇

終わった。

地下工房なので外の様子はわからないが、時計を見るととっくに日が暮れている時間帯だ。

「ようやく設計が終わったのね」

「ああ、満足のいくものができた」

我ながら、いい設計だと思う。

この船なら命を預けられる。

「ヒバナ、さっそく仕上げていくぞ」

「ここで？」

「あっ、そうか」

この工房で完成させてどうする。

トンネルがあるとはいえ、船の形にしてしまえば海まで運ぶのもしんどいし、地下工房から出すだけで苦労する。

海に簡易ドックを建設して、そこに材料と最低限の設備を運びこんで造ったほうがずっと楽だろう。

「今日は設計図の見直しと、改善できるところがないかだけやって、明日、海に行こう。材料を運び込んでそっちで造る」

「造り始める前に気付いて良かったわね」

船でテンションが上がりすぎて、いろいろと考えが甘くなっているようだ。

……逆に言えば、それほど自分で設計するのが楽しかったのかもしれない。

◇

想定通り、一週間ほどで船が完成した。

初日は設計だけに費やし、二日目は簡易ドックの建設と材料の運び込みに費やし、それから五日かけて船を組み上げた。

その見た目は、まるでクルーザーのようだ。平たく、屋根付きで帆などは存在しない。代わりに後部にはスクリューが付いている。

帆で風を受けて進むものとは違う。

この時代の人が見れば、どうやって進めばいいのかと途方に暮れるだろう。

動力は魔力であり、魔力を通せばスクリューが回転するという極《きわ》めて単純な仕組みだ。

風で進むより数段速いし、単純故《ゆえ》に操作性が良い。

馬力があるから、海流などにも左右されないと、いいこと尽くめ。

一日かけて、テストし、操縦に慣れた。

ヒバナも興味を持ち、あっという間に乗りこなせるようになっている。

操縦はひどく簡単。舵に魔力を注《そそ》げば注ぐほど強くスクリューが回転する。魔力を流す方向を変えれば逆回転になりブレーキをかけるのも可能。

あとは舵を切れば方向転換ができる。

慣れないうちは何度か岩礁に激突したが、魔物素材のため岩礁のほうが壊れて傷一つつかない。

なかなかの出来だ。

ただ、鉄を手に入れてから造る大型船は気をつけよう。そちらは風と魔力のハイブリッドで設計するので、速度もそれなりに出る。

こんな荒い運転で岩礁にぶつければ大ごとだ。

そして、今はお披露目《ひろめ》日会の真っ最中。

二人の兄さんが塩田に来ており、俺は陸にいて解説役。そいつを華麗に乗り回すヒバナの様子を見ている。

「兄さんたち、俺の計画は、あの船を使って鉱山がある大陸まで向かい、大量の鉄を採掘。それで船を造り、鉄を積み込んで帰ってくるというものだ」

「……めちゃくちゃな計画だね。あまりにも行き当たりばったりじゃないですか？」

「大丈夫、錬金術があればなんとかなる」

それぐらいに錬金術は万能だ。

材料さえあれば大抵のことはやってみせる。

「ヒーロ、鉱山とやらに当てはあんのか？」

「ああ、伝説の錬金術師が残してくれた地図があるんだ。どこの国の支配下にもないらしいが、地図が数百年前だから今はわからない。ダメなら、ダメでなんとかしてみせるよ」

ここでのタイムロスは痛いが、【回答者】で鉱山の場所を聞いてそちらに向かえばいい。

鉱山でトラブルに遭う恐れもあり、一か月に一度の【回答者】はできるだけ温存したいが、そういう状況ならためらわず使う。

ヒバナの操《あやつ》る船が目の前を超スピードで通りすぎ、アガタ兄さんとタクム兄さんが目を丸くする。

「凄《すさ》まじい船だね。あの速さ、まるで水の上を飛んでいるようじゃないか」

「俺も船に詳しいってわけじゃねえが、とんでもねえ代物だってわかるぜ。錬金術師とやらは神かなんかか」

「今度、兄さんたちも乗ってくれ。気持ちいいぞ」

「ははは、僕は遠慮しておくよ」

「俺は絶対乗るぞ」

「というわけで、俺とヒバナは今日出発する。うまくいけば、一か月ぐらいで戻ってくる。国のことは任せたよ」

兄さんたちがいてくれて本当に助かる。

国王が、そんなに長期間留守にしても問題ない国はうちぐらいだろう。

二人がいてくれれば、どうにでもなるのだ。

「王になってすぐに留守にするなんて……でも、まあそっちのほうがヒーローらしい。留守は任せて安心して行ってこい。土産《みやげ》、期待しているよ」

「おまえが戻ってくるころには、ひよこどもも毛が生え変わり始めているだろうさ」

ひよことは応募してきた新兵たちのことだ。

タクム兄さんは、さっそく鍛え始めている。

俺は微笑《ほほえ》み、水と食料を担《かつ》ぎ、ヒバナに手を振る。

ヒバナが俺を迎えにやってきて船を停泊させる。

いよいよ航海の始まりだ。

目的地は普通の船なら一週間以上かかるほど遠いが、こいつなら一日あれば十分だ。

　さっさと、鉱山に向かい、たんまり鉄を採掘しよう。

　鉄があれば兵器開発以外にも、いろいろと生活用品を作れる。ナユキが欲しがっていた鉄の包丁なんかもだ。

　それに、兄たちをぬか喜びさせるわけにはいかなかったから口にしなかったが、父の薬に必要な材料も手に入る見込みがある。

　さあ、行こう。

　海の彼方《かなた》にこそ、俺が求めるものがあるのだ。

第二話・転生王子は海を行く

船に乗り、地図に従い別大陸を目指す。

魔力を推進力にしたクルーザーは快調に飛ばしていた。

時速はおおよそ六十キロほど。

一般的な帆船の速度は風次第だが平均すると時速十キロ程度。その六倍というのは圧倒的だ。

ただ、魔力を推進力にしている以上、乗り手は疲労する。俺《おれ》とヒバナは交代で休みながらでなんとかスピードを維持しているが少々辛《つら》い。

クルーザーだからこそ、この程度の負荷で済んでいる。鉄を大量に運ぶ大型船になると、この方式じゃ無理があるな。

……蒸気機関でも作るか。そうなると石炭や石油が欲しくなる。

せっかく魔の森が国内にあるのだ。魔石機関を作ってみよう。

魔物の核に手を施せば魔石を作れ、それは魔力電池といえるような機能を持ち、それを動力にすれば楽ができる。

真面目《まじめ》に検討しよう。

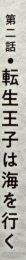

「あとどれぐらいで着きそう？」

「そうだな、あと二時間ほどだ」

伝説の錬金術師の地図によれば、ここから百キロほど進んだ先に手つかずの鉱山が眠る大陸がある。

数百年前の情報なので怪しいのだが、そこにたどり着ければ鉱石を掘り放題なのだ。

ここで、この世界の貿易について語ろう。

まず、川を使った運輸は盛んに行われている。水源の近くに多くの街や村が作られているし、陸路より多くの荷物を運べる。

しかし、海上での貿易はさほど行われていない。

その理由は……。

船の揺れで考えが中断される。

「また、揺れたわね。このあたりの水深はけっこうあるのに。いったい何にぶつかったのかしら？」

ヒバナが首を傾げる。

「気にするな、ただの魔物だ。不思議と陸には寄ってこないんだが、陸から遠く離れるとちょくちょく襲いかかってくる」

「……それ、大丈夫なの」

「木の底ぐらいなら簡単にぶち抜いてくるが、鉄以上の硬さがあれば問題ない。大型が来ると、ひっくり返されるかもしれないが。そのときは速《すみ》やかに逃げるか排除しないとな」

海には魔物が出るからだ。

加えて、魔物は餌《えさ》として人を好む。人の放つ気に惹《ひ》かれてやってくるのだ。

木の船などはあっという間に底を食い破られて、海中に引き込まれる。

逃げようにも速度が違いすぎる。

そして船を失ってしまえば、魔力を持つ騎士ですら海の魔物には何もできずに喰《く》われるしかない。

この世界には、鉄の船を造る技術もなく事実上航海に出るのは自殺行為。

人々にとって海の利用はせいぜい魔物がでない浅瀬で魚を獲るぐらいで、その先へ行くことは禁忌とされていた。

「ヒーロがわざわざこんな丈夫な船を造ったのも納得ね」

「ああ、じゃないと危ないからな」

半分は趣味で性能の限界を目指し、いろいろな機能を盛り込んだがそれは秘密だ。

「なあ、ヒバナ。漁をしないか」

「漁？」

「そこに銛《もり》があるだろう」

「ええ、ぶっとい鎖がついているのが」

「もうすぐ海の魔物が海面から飛び上がるから、それを窓からぶん投げてくれ。操縦は俺がする」

「わかったわ。たとえ、船底を食い破られないにしても、危ないものね」

それだけではないが、納得しているなら言うこともあるまい。ヒバナと入れ替わりで操縦席に座り舵《かじ》をとる。

ヒバナが銛を掴《つか》んだのを見て、舵の近くにあるレバーを倒した。

すると駆動音がして、船の側面からノズルが突き出され液体を散布していく。

魔物が嫌《いや》がる成分を多量に含んだ薬液だ。

海の色が赤く染まる。

「ウキャキャ！」

次の瞬間、悲鳴と共に顔が猿のようなマグロ、そう表現するしかない化物《ばけもの》が飛び跳ねた。全長でいえば俺の二倍はある。

錬金術師の残した資料で見たことがある。

モンキーヘッド・フィッシュ。

知能が猿並みにあり、狡猾《こうかつ》な海の魔物。

あの手この手で人間を海に引き摺《ず》り込んで、溺死《できし》させ、餌にする。

「いまだ、ヒバナ！」

「はあああああああああああ！」

ヒバナが槍投げの要領で銛を投げる。

銛はモンキーヘッド・フィッシュを貫き、内側で返しが広がる。

そして……。

「ウキャアアアアアアアアアアアアア‼」

断末魔。

銛から魔力を変換した電気が流れ、体の内側から焼く。

この銛の鎖は船に繋《つな》がっており、船の魔力を吸い上げることで雷撃が発動する。

水中に銛を沈め最大出力で放てば、周囲に寄ってきた水棲《すいせい》魔物を失神させる芸当も可能だ。

海の魔物は空中で絶命し、そのまま水面に叩《たた》きつけられぷかぷかと浮かぶ。

「やったわ！　ふう、この銛は便利ね」

「対水棲魔物兵器。便利だろ」

「人間に使ったらどうなるかしら」

「魔力持ちでも失神だな。魔力持ちは頑丈だが、電撃は鍛えてどうにかなる類《たぐい》のものじゃない」

「そう。なら電気を纏《まと》った剣とか作れないかしら」

「……実は一本、工房に試作品がある。すごいぞ、なにせ鍔《つば》迫《ぜ》り合いをした瞬間、電気が相手の剣を伝って、敵を丸焦《こ》げにする。そうでなくても、かすりさえすれば相手を失神させる」

「面白いわね。でも、どうしてそれを使わないの」

「燃費が悪いんだ。人を殺すほどの電力となると、それにほとんどの魔力を持っていかれて、身体能力強化をする魔力がなくなる。今の銛だって、ヒバナが身体能力を強化した状態で投げて、俺の魔力で電気を作るって分業だから効果的だったんだ」

　これは今後の課題だ。

　ただ、さきほど魔石を燃料にした機関を考案したが、それと同じで魔石をはめ込むタイプにすれば問題がなくなるかもしれない。

「難しいのね。ヒーロが使えばいいと思ったのだけど、それならやめたほうがいいわ」

「ヒバナが使いたかったわけじゃないのか？」

「私にはヒーロがくれた魔剣ハナビがあるわ。他の剣を使うつもりはないの」

　そういって、愛《いと》おしそうに鞘《さや》を撫《な》でる。

　そこまで気に入ってもらえれば錬金術師冥利《みょうり》に尽きる。

「ありがとな」

「お礼を言われることじゃないわ。それより、あの気持ち悪い魚、ずっと引きずってるけど、銛を抜かなくていいの」

　ヒバナの言う通り、さきほどから水面に浮いたモンキーヘッド・フィッシュの死体を銛で牽引《けんいん》していた。

「そうだな。別にこのままでもいいんだが、海の魔物に喰われるかもしれないし、回収しよう。引き上げるのを手伝ってくれ」

「引き上げる、もしかして食べるの？」

ヒバナがすごく嫌《いや》そうな顔をした。

猿の顔をしたマグロなんてゲテモノ、食べたくないのだろう。

「素材が欲しい。異常発達した浮袋だとか、皮だとか、骨。海の魔物の体は宝の山だ。瘴気《しょうき》を取り除けば、いろんな道具に使える」

陸の魔物とはまったく違う性質を持っている。

その性質の差はそのまま材質の差になる。

例えば、その皮は水を完璧《かんぺき》に弾《はじ》いてくれるし強靭《きょうじん》でなおかつ柔軟。

例えば、その浮袋は伸縮性に優れ、当然防水性がある上に軽い。

例えば、その骨は強度と軽さを非常に高次元なレベルで両立している。

海に生きるためには非常に多くのハードルがあり、海の魔物とはそれらのハードルを越えるために進化しており、それは素材としての良さに繋がる。

これほどの素材、捨てておけない。

二人で、俺たちの二倍近いサイズのモンキーヘッド・フィッシュを引き上げた。

船の前半分は屋根付きの密閉型コックピットだが、後ろ半分は荷物を載せるために平たくなっており、そこに寝かせる。

「ヒバナ、俺はこいつをばらして加工と洗浄をするから操縦を頼む」

「ええ、任せて」

腰の剣を抜き、解体する。

生物についての知識があるので、わりと簡単に作業が進む。

皮をはぎ、肉を切り分け、内臓を取り出し中身を綺麗《きれい》にする。

素材として使う部分は油を塗り込んだり、乾かしたりしてより素材に適した形に加工する。

逆に要らないものは海に捨ててしまった。

思った通り、いい素材が確保できた。

それこそ船の材料にしたいものもある。

「……肉はどうするか。どう見てもうまそうだよな」

ごくりと喉《のど》を鳴らす。

肉のほうは素材には使えない。

というわけで、端に寄せていたのだが、とてもうまそう。

電撃で大部分はダメになっているが、まだ大丈夫なところも多い。

顔以外はマグロっぽいとは思っていたが、身もマグロだった。

とくに脂がのった腹の部分はまさしく大トロで、視線が引き寄せられる。

魔物は瘴気があり、食すには適さない。

しかし、俺ならば錬金魔術を使い瘴気を取り除ける。

獲れたてのマグロ、それも大トロ。こんなの絶対にうまいに決まっている。

錬金魔術で解析したが毒はなく成分的にも問題ない。

首から上が猿だが、だからどうしたというのだ。

バッグから魔力式のコンロを取り出し、フライパンを温め、両面をさっと炙《あぶ》る。

そして一口。

「うまい」

こいつはやばい。

上等な炙り大トロだ。

転生前に大きな市場内にある店で食べた本マグロと遜色《そんしょく》ない。

口の中で、甘い脂がとけていく。

こういう柔らかく甘い肉というのは、転生してから初めてだ。

ああ、これだよ。これ。こういう大トロのような贅沢《ぜいたく》な旨さを忘れかけていた。手がとまらない。

軽く塩を振ると、さらにうまくなった。

「ヒーロ、何しているの？」

舵を握っていたヒバナが俺の様子がおかしいと気付いて振り向き、呆《あき》れた顔をする。

「よく、そんなのを食べられるわね」

「……まあ、人面魚や人魚だと俺もきついが、所詮《しょせん》猿だからな」

日本では猿は食べない。

だが、海外では普通に食べられているし、たぶんうちの領民たちも森で見つけたら狩って食べると思う。

それに顔以外はただのマグロだし。

「それはそうだけど、ほんとうに美味《おい》しいの？」

「ああ、これほどうまい肉は食べたことがないな。うますぎて感動するぞ」

いぶかし気に見ているが興味はあるようだ。

ヒバナにはサバイバルの心得がある。

山でのサバイバルなどでは状況によっては虫ですら食べる。猿の顔をした魚など、なんとなく嫌だとか、そういうレベルの拒否反応にすぎない。

「ヒバナ、別に無理して食べる必要はないさ。保存食は積んである」

「味気のない固焼きパンと燻製《くんせい》にした魚よね……」

保存食の定番だ。

それですら、ちょっと前まで贅沢なものだった。

「いいわ。私も食べる。そんな幸せそうな顔をしているヒーロを初めて見たもの。ちょっと怖いけど興味があるわ」

そう言うとヒバナは前を向き、運転に戻った。

「ヒバナの分を用意するから待っていてくれ」

彼女の元へ行き、フォークで口元に運ぶと、ヒバナが咀嚼《そしゃく》する。

ヒバナの分の炙り大トロを作り、皿に盛り付け塩を振る。

「うそっ、美味しい。こんな甘くてとろけるお肉初めて。なにこれ、信じられない」

目を見開いて口を押えている。

口の中でとろける肉というのは想像もしたことがなかったのだろう。

マグロの獣とも魚とも違う独特の食感と味、それも大トロ。それに感動しているようだ。

「食わず嫌いしなくてよかったな」

「ええ、こんな美味しいものがあったなんて。たくさん、獲りましょう……いえ、すぐに腐っちゃうわね。魚の肉なんて」

「そうでもないな。錬金魔術を使えば凍らせることができるし、この船には密封型の保管庫がある。数か月は持たせられる」

この船は俺が趣味で造った。

ゆえに、それぐらいの設備はある。錬金魔術で瞬間冷凍させて冷気が漏《も》れない保管庫に入れれば鮮度を保ったまま国へ持ち帰ることは可能。

……まさかこっちで遠洋マグロ漁をして、冷凍して持ち帰るなんて夢にも思ってなかったな。

「最高ね。みんなへのお土産にしましょう。……でも」

「でも、なんだ」

「猿の顔を見せたら食欲がなくなっちゃうから、それは斬《き》り落として保存しましょう」

「それもそうだな」

見ないにこしたことはない。

「ふふ、まだ新しい大陸に着いてないのに素敵なものに出会ってしまったわね。海ってすばらしいわ」

「ああ、まだまだ素敵な出会いが待ってるさ。もっとも、危険もいっぱいだ。この船じゃなかったら、逆に俺たちが、魚の餌だった」

「そうね、注意しないと」

俺たちは笑い合う。

危険だが、たくさんの出会いがある旅。冒険している気がする。

それからまたしばらく船を進めた。

日が傾きかけたころ、望遠鏡で周囲を探っていたヒバナが立ち上がる。

「新しい大陸が見えたわ。へえ、ここからでも大きな山が見えるわね。もしかして、あれ」

地図を見て周囲の地形などを確認する。

「間違いない。あれが目的地だ。普通のコンパスは使えないし、少々不安だったが、たどり着けて良かった」

「……ちょっと待って、三百キロ以上を方角がわからないまま進んでいたの。たどり着けたのが奇跡ね。頼りにしろって言われたこの舵についてるコンパスみたいなのは飾りかしら？」

「いや、飾りじゃない。魔の森で使っていた魔力針があっただろう。船に取り付けているのはあれと同じものだよ。理論上有効距離が五百キロで余裕があるんだが、この距離での実験は初めてで不安があっただけだ。それがダメならダメで対応策はあった」

「そういうことは最初に言って」

これもまた、海での貿易がされない理由。

大陸が視認できないところへ行くと冗談抜きで帰ってこられない。海という目印がないところで方角を見失えば、どうにもならないのだ。

「さて、上陸だ。資料の通り、手つかずの鉱山でいてくれるといいがな」

「人がいたとしても、ヒーロはどうにかするでしょう？」

「ああ、ここは本国から離れている。少々羽目を外しても問題ない。本気になれば金や鉄の対価なんてものはいくらでも稼げる」

「……あれでまだ、セーブしていたつもりなの」

ジト目でヒバナが見てくるので目を逸《そ》らす。

初めての別大陸。

いったい、何が待ち構えているのだろうか？

逸《はや》る気持ちを抑えて、俺たちは新たな大陸の大地を踏みしめた。

第三話・転生王子は異国の姫と出会う

新大陸に着いた。

このあたりは潮《しお》が速く、ちょっと目を離すと船がもっていかれるため、積んであった材料で深々と杭《くい》を打ち、頑丈な鎖で繋《つな》いだ。

情報通りであれば、ここに人はいないのだが一応盗難対策も兼ねている。

杭と鎖は錬金魔術で溶接しているので、俺《おれ》以外には外せない。

魔力針ではなく、普通のコンパスを取り出す。

外洋や魔の森とは違い、ここでは瘴気《しょうき》でコンパスが狂ったりしない。

とりあえずは鉱山を目指す。

「こっちの準備はいいわ」

「俺もＯＫだ。行こうか」

大きめのリュックを背負い、二人で歩く。

リュックの中にはサバイバルグッズと簡易テント、それに食料と水が入れてある。

数日は鉱石を掘り続けるのだから、こういうものが必要になる。

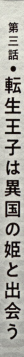

俺たちは一週間ほど問題なく過ごせるだけの物資を背負う。一応船には予備がまだある。

鉱山を目指して歩きながら、周囲を見渡す。

木はあるが広葉樹ではなく針葉樹ばかりではあるが、見慣れない動植物などはない。

気温は俺たちの国より高めで、空気が乾いていた。

「ヒバナ、油断はするなよ」

「わかっているわよ。獣も人も見落とさない」

狂暴な獣が生息している可能性がある。

また、錬金術師のもたらした情報では人は住んでいないようだが、数百年前の情報だ。警戒はするべきだ。

侵略者とみなされ、先制攻撃を受ける可能性もある。

人間がいた場合、使っている言葉すら違い意思疎通も難しいだろう。

目的である鉱山までの距離はせいぜい二十キロほどであり、俺たちなら日が落ちるまでに着く。

歩けば歩くほど、俺のなかでとある疑いが大きくなってくる。

前を進んでいたヒバナが足を止める。

「もうすぐ完全に日が暮れるわ。野営の準備をしない？」

「いや、もう少し進もう。気になることがある」

「なんとなくだが、歩きやすすぎないか？」

「そういうことね。……わかったわ。私たち以外の誰《だれ》かがいるというわけね」

海からここまでは針葉樹林の中を進んできた。

歩きやすい道を選んできたのだが、それにしたって歩きやすすぎる。

もっと具体的にいうと、特定のルートは木々が切り倒され、さらには草が刈られ大地が踏み固められていた。

こんなもの偶発的なわけがないし、獣にできることでもない。

すなわち、それなりの確度で人がいる。

俺たちが通ってきた道はおそらくだが海に頻繁に行く何者かによって作られたもの。

「そういうことだ。できれば、人が住む村まで行きたい。幸い、土産もあるし」

「土産ってもしかして、船でせっせと作っていたあれのこと？」

「ああ、きっと遠洋の魚なんて食べたことがないし喜ばれるだろう」

モンキーヘッド・フィッシュの肉をレアな燻製《くんせい》にしたものを作っていた。

うまさ優先でレアに仕上げているため、三日ほどしかもたないが、味は折り紙付き。

友好の証《あかし》にはいいだろう。

「夕食がなくなるのは惜しいけど、仕方ないわね。ただ、会話はどうするの？　たぶん、大陸が違えば言葉も違うわよ」

「そっちもなんとかする」

俺たちの国、カルタロッサ王国のある大陸内の国々のほとんどは同じ言語を使っている。

もともと、超巨大な大帝国が分裂してさまざまな国が出来たものだし、各国に派遣された教会の存在も大きい。

しかし、大陸を跨《また》いでしまえば言語が同じであるほうがおかしい。

ただ、ある程度は錬金魔術を応用すれば理解できる。

解析魔術の一つに思念を読み取るものがある。発せられた言葉の音ではなく乗せられた想《おも》いを受け取ることで言葉の壁を越えるのだ。

俺とヒバナは、ただ闇雲《やみくも》に歩くのではなく、人が通った痕跡があるほうへと進んでいく。

「気が付いたら、鉱山のふもとまで来てしまったわね。けっこう川からも遠いし、なんでこんなところに住んでいるのかしら」

ヒバナが首を傾げるのも無理はない。

多くの村や町はなるべく水源の近くに作られる。

単純に水の確保が楽だし、農業に適した土地が多く、森の恵みも得やすい。

だが、俺たちがいるポイントは川などから遠く離れた、しかも自然の恵みなどが得難いはげ山の近く。

このあたりは石や痩《や》せた土ばかりで、あまりに人間が住むのに適しているとはいいがたい。

「もしかしたら、採掘で生計を立てているのかもな。そちらがメインであれば、鉱山の近くにあることがメリットになる」

「もし、そうだとしたら私たちと同じぐらいに文明が発達しているということね」

「それ以上の可能性だってありえる」

極《きわ》めて食料の自給が難しいところに街を作れるのは、自給する以外に食料を得られる手段があるということの証明。

一つの街が鉱山の採掘、あるいは採れた鉱物で作る品を売ることに特化するなんてことができるのは、かなり文明的かつ強い国だけの特権だ。

そうこうしているうちに、ついにはげ山までたどり着いてしまった。

そこには街がある。俺とヒバナは目を見開く。

「すごいわ。立派な家ばかり」

「石とレンガの家か。丈夫そうだし、何より凝っている。ガラスなんてものがすべての家にあるなんて、信じれないな」

街が分厚く頑丈で、なおかつ美しい白亜の石壁で囲まれており、俺たちが見ているのは見張りがいる門越しに見た風景。

街には石材と白とレンガの赤で彩《いろど》られた家々が並んでいた。

とくに驚いたのは、家々に精緻《せいち》な細工が施されていること。まるでその技量を誇るかのごとく。

驚く点は他にもある。ガラスだ。

ガラスというのは俺たちの大陸ではまだ貴重品だ。

うちの国だと王城ぐらいにしか使われていないし、他国でもせいぜい貴族や金持ちの屋敷、教会ぐらいにしか使われていない。

それがどの家にも当たり前に使われている。

間違いなく、技術水準はカルタロッサ王国やその周辺国より上だ。

街をぐるりと囲む石壁はどうやって作ったのか、まるで石を削り出して作ったかのように滑らかな岩肌で、継ぎ目が見えない。

こんなもの、魔術なしに作れる気がしない。

門に向かって歩くと、鉄の軽鎧《けいがい》と剣を身につけた門番が近づいてくる。

むろん、その軽鎧も剣も見事な出来だ。

門番が口を開く。

「見ない顔だな。クロハガネの街に入りたいなら通行手形を見せろ」

……またも驚いた。

こちらと同じ言語を使ったのだ。

それは本来ならあり得ないこと。

なにせ、大陸と大陸は海とそこに住む魔物によって隔てられていて、交流など存在しないはず。

だからこそ、大陸ごとに独自の文化が発達してきた。

考えうるのは、俺たちは海から来たが、じつは陸路が繋がっていたということだが、錬金術師の地図を見る限りそれもない。

「おい、貴様、どうした！　早くしろ！」

いけない。今ここで考えてもきりがない。

あとで調べるとしよう。

「手形はないんだ」

俺の言葉に門番たちが首を傾げた。

「手形がない？　貴様、ウラヌイから来たのではないのか？」

「ウラヌイとはなんだ？」

「ここから山を越えて北に行ったところにある街だ」

「そうか。そんな街があるのか。すまない、俺たちはこのあたりのことをよく知らない」

「知らないわけがないだろう。あそこを通らずにクロハガネに来られるわけがない」

今の言葉だけでも多くのことが分かった。

ありがたい。

ただ、いつまでもこうしてはいられない。

素直にこちらの事情を話そう。

「陸路から来たわけじゃないんだ。俺たちは遠く離れた国から船でやってきた。それで海岸からここまで歩いてきたんだ」

「船だと？　冗談もたいがいにしろ」

門番が鼻で笑う。

信じてもらえない。

……なるほど技術が発達していても、魔物に船底を食い破られない鉄の船なんてものを造れるほどでもないのか。

さて、どうしたものか。

一度、ここは引き返して、策を練ってから戻ってくるのもいいかもしれない。

もともと街などがない前提で野営に必要なものは揃《そろ》っている。そう決めて、ヒバナに目線を送った瞬間だった、門番たちの眼《め》が俺から、その背後に向けられる。

馬に似ている、変な生き物が引く馬車と、二十人ほどの一団が現れる。

馬車が揺れるたびに、硬質な音が響く。おそらく積み荷は鉱石。

その一団に門番が頭を下げる。

「お疲れ様です」

すると御者席から一人の少女が飛び降りる。

フード付きの外套《がいとう》を纏《まと》った可愛《かわい》らしい少女だ。

フードから漏れるのは柔らかそうな金色の髪、肌は白く、外套を纏っていても大きな胸が目立つ。

目元がくりくりとして、活発な印象を受けるが、不思議と理知的な光を感じ取られる。

たぶん年は俺やヒバナと同じく十代半ばといったところ。

「ただいま。今日は疲れました。でも、収穫はたくさんですよ。街のみんなも喜びます！」

明るくて心地よく、聞いているだけで元気になる声。

それに、自然に少女に目が引き寄せられる。一種のカリスマというべきものが彼女にはある。

「それで、この人はだれですか？　もしかして、ウラヌイから!?　またノルマを増やしにきたんですか!?」

警戒心も露《あら》わに、少女が俺を見ている。

ノルマか。この街はウラヌイから搾取されているのかもしれない。

「いえ、このものたちが言うには、ウラヌイとは関係なく、海を越えてやってきたそうです。もちろん、私は信じておりません」

「えっ、海を越えてですか!?　あの、あなた本当ですか!?」

目から警戒の色が一気に消え、代わりに好奇心に染まる。

ころころ表情が変わって忙しい子だ。

「ああ、本当だ」

「見たいです！　魔物をものともせずに海を渡る船。とても気になります！」

そして、顔が触れそうなほど近づき、上目遣《うわめづか》いに見つめてくる。

「姫様、そんな男の戯言《ざれごと》を信じるのですか⁉」

姫様か、どうりで不思議な空気を纏っていると思った。

「だって、そっちのほうが面白《おもしろ》いし早い。……嘘《うそ》かほんとかなんて見ればわかります。それに、もし海を渡れる船があるなら、それは私たちにとって希望です」

この子とは気が合いそうだ。

実に単純明快でいい。

「貴様、何を笑っている！」

「失礼。姫様、こうしましょう。俺の船を見せます。もし、本当に海を渡れる船であれば、この街に入る手形をください」

「いいですよ。もし、そんな船を見せてもらって、ちょっぴり調べさせてもらえるなら、このサーヤ・ムラン・クロハガネが手形を用意することを誓います」

「乗った」

「姫様、危ないですって。ああ、もう、俺がついていきます。どうせ、姫様は止めても聞かないですから」

門番が代わりの者を奥から呼んで、俺を責めるような眼で見て少女の後ろに控える。

「では、さっそく行きましょう。案内してください。えっと、お名前は？」

「ヒーローと呼んでくれ。後日にしたほうが良くないか？　もう日が暮れる」

「ヒーロー……覚えました。大丈夫ですよ！　あなたも屋根がある部屋で寝たいでしょう。早く早く」

苦笑する。

まあ、いいだろう。

そのとき、風が吹いた。

少女のフードがめくれ上がる。

「キツネ耳⁉」

サーヤの頭には可愛らしいキツネ耳がついていたのだ。

「あるに決まっているじゃないですか。私、ドワーフの先祖返りですし」

いや、ドワーフにキツネ耳があるなんて初めて聞いたんだが⁉

というか、ドワーフは実在していたのか？

……もし、錬金術師の資料にある通りの存在だとしたら、この出会いには大きな価値がある。

「とにかく急ぐ。魔力は使えるな」

「もちろんです。ドワーフですから！」

意味がわからないが、とりあえず俺は頷《うなず》き走り出した。

いきなり予定外。

だけど、これはいい方向の予定外だと俺は考えていた。

第四話・転生王子は作られた命を想う

誰《だれ》の所有物でもない鉱山のはずだったが、やはり数百年の間に所有者が現れてしまった。

おかげで、勝手に鉱石掘り放題とはいかなくなった。

しかし、悪いことではない。

彼らは鉱山近くにクロハガネという街を作っており、なおかつドワーフと名乗った。

ドワーフというのは、錬金術師の残した資料によると、錬金術によって生み出されたホムンクルス。

錬金術師のサポートを効率よく行えるよう、助手に適した能力を持って生み出された存在だ。

ただ、キツネ耳と尻尾《しっぽ》があるのは意外だった。

キツネの耳と尻尾があるのは必要な能力を与えるために人以外を材料に使った結果だろう。

もともと錬金術師のために作られた存在、味方につければ極《きわ》めて有用だ。

錬金術を極めれば、こういう神様の真似事《まねごと》までできるようになるようだが、自分でやるつもりはない。

……おそらく、こういうことをやっていたから錬金術師は滅ぼされたのだろう。ドワーフを

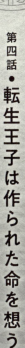

生み出したのは一例に過ぎず、彼らは羽目を外しすぎた。

「サーヤ、さきほどからいつも通りの口調で話してしまっているが、姫だし、かしこまったほうがいいか？」

魔力で身体能力を強化し、ほぼ全力で海に向かって走りながら並走するサーヤに声をかける。

「いいえ、必要ないです。お姫様っていっても、ちっぽけな集落ですし。だいたい肩凝るじゃないですか、そういうの」

そう言うとわざとらしく肩を回す。

「なら、言葉に甘えよう」

「はい、そうしてください。だいたい、あなただって偉い人なんでしょう？」

「どうしてそう思った」

「立ち居振る舞いが優雅ですし、そっちの綺麗《きれい》な女の人はあなたを常に気にかけて、守ろうとしてます。装備はハイエンド、腕は超一流。このレベルの護衛を雇えるのは大貴族ぐらいですよ」

……なるほど、ヒバナの装備の価値がわかり、なおかつその実力を見定める目もある。

なかなかの人物だ。

集落の姫と自分を揶揄《やゆ》していたが、油断ならない。

「その通りだ。俺《おれ》はカルタロッサ王国、ここから三百キロほど離れた大陸にある小国の王だ」

正確には、代理の王。

父が目を覚ませば、そのときには王位を返上するかもしれない。

「へえ、王様なんですね。道理で、なんか身に纏う空気が違うと思いました！」

「そういう感覚、集落で身につくものなのか？」

「二年ぐらい人質で拉致《らち》られて、向こうのお偉いさんのところで見世物やったんで、いろいろと学んだんですよ。他のドワーフは違いますね。『我らの人生は鉄と炎と共にある（どやっ）』みたいなノリです」

「参考になった」

なるほど、だから教養があるわけか。

「王様ということは、白馬にも期待できますね」

「期待してもらって構わないよ。船が欲しいようだが、何か理由があるのか？」

「ああ、それですか。このままだとクロハガネは搾り殺されるので、いっそ海を越えてみんなで逃げようかと。陸路のほうはかなり厳しいんですよね。逃げきれずに捕まって、殺されはしないでしょうけど、奴隷レベルがパワーアップしちゃいます」

軽い口調で、とんでもないことを言う。

「ウラヌイという街があると言っていたな。そこに搾取されているのか？」

「隠してもあれなので、教えちゃいますね。もともと、私たちクロハガネの一族は、ここから少し先の森に集落を作ってた少数民族なんです」

ドワーフの集落か。

もしかしたら、数百年前、錬金術が禁忌とされ、錬金術師狩りをされた際に彼らによって生み出されたドワーフたちが主を失って逃げ出し、集落を作ったのかもしれない。

「わりと平和に暮らしていたんですよね。海と緑豊かな森があって、食料には困らないですし、たまーにドワーフの本能でいろいろと作りたくなって、鉱山の浅くて安全なところへ鉱石を取りに行って、遊びでいろいろと作ったりして」

その生活が目に浮かぶな。

カルタロッサ王国と違い、この森は恵みに満ちているし、食べられる獣も多い。

小さな集落であればその恵みだけで十分暮らしていける。

「ですが、ある日、集落にたくさん人間の軍隊がやってきました。私たちみんな捕まっちゃって、鉄の武器とか、たまに見つかるぴかぴかした石で作った装飾品とか全部没収。それで、鉱山の近くに街を作らされました」

「それがあの街か」

「はい、それからは鉱山で鉄をとって、言われる通りの武器を作る日々です。しくしく」

ドワーフの能力が優れていることに目を付けた人間は彼らを利用する。

「戦わなかったのか？」

「……私たちドワーフってなんとなく欲しい鉱物の場所がわかるし、力持ちだし、物作りも得意で、強い武器は作れるんですが、そんな強くないし、そもそも私たち二百人程度しかいなくて、抵抗できなかったんですよ。あと、人間さんと違って争い嫌いですし。あっさり白旗ですし」

「別に人間だっていろいろといるさ。俺も争いが嫌いだ」

「へえ、私たちが知っているのアレだけだったんで驚きですね」

「その割に俺とヒバナは恐れていないようだが」

「恐れてますよ。ただ、諦《あきら》めているだけです。もし悪い人だったら終わりだなーって。って話がそれましたね。でっ、あの街で奴隷のようにこき使われるのも限界なんで、逃げようかと」

「だから船か」

「はい、船ならワンチャン！　最近鉄の武器作り、しんどいんですよね。安全な浅いところにある鉄は掘りつくして、危険なところにしか鉄は残ってません。先月ついに鉱石掘りで死人が出ました。逃げるのは怖いけど逃げなくてもどうせ死ぬ。だから、あの海の向こうへ！　って前から思ってこっそり材料ちょろまかしながら試作していますが失敗続きで。船、難しいです」

浮力計算・強度計算・水の抵抗を考慮した形状・動力確保・操作性。

いろいろと船を作るにはハードルがある。

さすがに一から独学で造り上げるのは厳しい。

「ちなみに、ウラヌイの連中は私たちに武器作り以外させないように、農作業とか狩りとか一切《いっさい》禁止してます。こっち側の森に来たってバレたら殺されちゃうかも」

「……よく船を見に行く気になったな。もし、俺が裏切る意思がないか確認するスパイだったら、無事じゃすまない」

「どっちみち、このままじゃみんな鉱山で死んじゃうからいいんです。助かる可能性があればきつねまっしぐら！　あとは、あなたが信じられる人って、フォックスセンスが囁《ささや》きました」

「それは姫としてどうなんだ。皆を導く立場なのだろう」

「だからこそですよ。わずかでも救われる可能性があるなら、そこに賭《か》ける。……ついでにこれも戦略。いい人っぽいあなたに同情させているんです」

……なかなか強《したた》かで面白《おもしろ》い子だ。

けっして嫌いじゃない。

そうして、魔力持ちのほぼ全力で走っていると船を泊めたところにたどり着いた。

「これが俺たちの船だ」

「材質は鉄じゃないんですね」

「魔物の素材を使っているんだ。鉄以上の強度と軽さがある」

「うっ、微妙に参考にならないです」

「参考にしてもいい。かなり浮力計算はバッファを持たせている。鉄の重量でも浮力は確保できるんだ。乗ってみるか」

「いいですか⁉　お願いします！」

「姫様、危ないですよ！」

俺やヒバナ、サーヤとは魔力量が違うのか、ついてくるだけで必死だった門番が血相を変える。

「あなたも私が止まらないのは知っているでしょう。乗らないとわからないことがありますからね」

俺は苦笑し、固定するために使っていた鎖を外す。

船に乗り手を伸ばすと、その手をサーヤが摑《つか》んだ。

そして、ヒバナも船に乗る。

「別に留守番しててもいいんじゃないか」

「二人きりにするのは危ないと思ったの」

「そんな、警戒しなくても」

「危ないの意味が違うの。ちょっとヒーロ、気を許しすぎじゃない？」

そうか？　とりあえず注意はしておこう。

サーヤの方を見ると船から身を乗り出し、側面などをしっかりと観察している。

「わぁ、ちゃんと浮いてます。それになんて安定感」

「沖まで出ようか」

「できれば、もっと深いところまで行って魔物に襲われてみたいです！」

……このお姫様、命知らずすぎないか。

まあ、いい。

望みを叶《かな》えよう。

コックピットのほうへ移動し、魔力を込めてスクリューを回す。

急加速で、沖へ出る。

「あはははは、速いです！　この形状だと水を切り裂けるんですね。後ろから聞こえる音、水をまきこんで、流れを作って、三枚の刃が連動して、これっ、すごい。……ああ、なるほど、三枚の刃を、この形状で捻《ひね》って回転させるとこうなるんですか、その回転を支える駆動系は、へえ、こんなやり方が、でももっとすごいのは精度と強度、鉄なら……ちょっと無理かも、でも機構に工夫を加えて余裕を持たせれば……」

サーヤがキツネ耳に手を当ててぶつぶつと独り言を始めた。

時折、口から数字が出る。

その数字を聞いてぎょっとする。

それは俺の強度計算の中で出した理論値と近い。

「まさか、構造がわかるのか」

「外観、それから音と速度、そこから大雑把にはわかります」

「……キツネ耳だし聴力に優れているのはわかる。だが、小さな集落で育ったと言ったな。数学の基礎を知らないとそんな芸当はできない。どこで学んだ？」

「えっと、今の街に連れてこられる前は神様の遺産で勉強してました。風化して読めないものも多いですけど、たくさんお勉強できたんです」

おそらく俺と同じで、錬金術師の遺産を見つけたんだろう。

サーヤたちの先祖を生み出した錬金術師、文字通り彼らにとっての神様が資料を残していた。

残していた理由は、この鉱山目当てで作った別荘か何かがあったからと考えられる。

それを独学で学んだ。

ただ、わざわざ目や耳に頼り、錬金魔術の基礎である解析魔術を使わないところを見ると、錬金魔術は使えないようだが、かなりの基礎を持っているのだろう。

「ここから先は魔物が出るぞ」

「はい、楽しみですね！」

意図的に魔物が大好きな気を放出する。

するとさっそく魔物が寄ってきた。

鮫の魔物だ。

ただの鮫でも厄介なのに、一角獣のような凶悪な角があり、その角を突き立てるように体当たりしてくるが、多少揺れるものの船にダメージはない。

「すごいですっ！　このクラスの魔物に襲われても大丈夫なんて！　こんな船を造れば、みんなで逃げられます」

目を輝かせて、サーヤはキツネ尻尾を振る。

さて、防御力は見せた。もう、この魔物は殺してしまおう。

「ヒバナ！」

「任せて」

前回と同じく、雷撃を体内に流す銛《もり》を使って、一角鮫を殺してしまう。

その様子を見て、さらにサーヤが興奮する。

「こうして、船を見せたんだ。約束を守ってもらうぞ」

「はい、私のお家に泊まってください。歓迎しますよ。ごはんはあまり出せないですけど」

「……それも逃げる原因か」

「そうなんですよね。ぎりぎり食べていけるぐらいの量しかくれない上に、ノルマを満たさないと減らされちゃって。もう、いい加減にしろって感じです！　すきっ腹で鉱石掘りができるわけないじゃないですか！」

そういうやり口なんだろう。

農業がろくにできない鉱山に街を作らせ、森での狩りや採取を禁止し、自分たちが持ってくる食料だけに依存させて言うことを聞かせる。

「ただ、別に船で逃げるだけが助かる道じゃないと思うが」

「他にいい方法があるんですか？」

「まあな、そのあたりはサーヤの家で話させてくれ。もう日が完全に落ちる。急いで戻ろう」

「はい、もう十分見て、学んで、理解して、記憶して、計算して、推測しました。帰りましょう」

もしかしたら、サーヤならこの一回の乗船体験だけで、鉄に材料を置き換えた船の設計をできてしまうかもしれない。

とんでもない能力。

だからこそ欲しいと思ってしまった。

幸い、彼女は現状から逃げたがっている。

救いの手を差し伸べてみよう。

今のままでは、彼女の計画は失敗する。

どだい無理なのだ。数人であれば成功するだろうが、二百人乗せる船を秘密裡《り》に造り、逃げるなんてことは。

途中でバレるし、奇跡が起こり海に出たところで、新たな住処《すみか》を見つけるまでの食料だってない。

二百人を運ぶというのはそれほどハードルが高い。

助けるのは同情からじゃない。

うまくいけば、鉱山と優秀な人材、その両方が手に入るかもしれない。

俺とカルタロッサ、彼女とドワーフの集落。

そのすべてを救う道を見つけてみせる。

第五話●転生王子は交渉を持ちかける

日が完全に暮れたあと、ようやくクロハガネの街に戻ってこられた。

門番はすでに帰り、門は完全に閉め切られている。

どうするものかと見ていたら、先頭を歩くサーヤは門を素通りし、さらに鉱山のふもとまで下り、街から完全に死角になっている場所で立ち止まる。そして、軽く土をどけると隠し扉があった。

どうやらそこは隠し通路らしく、そこから街へ入るようだ。

俺《おれ》も似たようなものを作っているだけあって地下道にはうるさい。

その俺から見てもいい出来だ。

どうやら、土や鉱石を操《あやつ》る魔術をもって掘り、そうして出来た道を特殊な釉薬《うわぐすり》のようなものを塗ったあと、焼き固めることで補強し強度を確保している。

「街に続く隠し通路なんてものを外部のものに見せて良かったのか」

「これからの展開を考えると教えておいたほうがいいと思って」

……そういうことか。

たしかに、そっちのほうが良さそうだ。

サーヤはノリで生きているように見えてなかなか頭の回転が速い。

「効率的だが、そうするには俺が味方であることが大前提になる」

「さっきも言いましたよ。船を見に行くと決めたときから、あなたが味方じゃなければ終わりのギャンブルをやっています。今更、そこを疑っても始まりません」

「腹が据わっているな。この地下通路もドワーフたちが作ったのか」

「ドワーフたちっていうか、私ですね。先祖返りって私だけですし」

「さっきから気になっていたが、先祖返りってなんだ」

「私のようにキツネ耳と尻尾《しっぽ》があるドワーフのことです！」

どや顔で、尻《しり》を突き付け、尻尾をぶんぶんと振る。

可愛《かわい》らしいし、ちょっとエロい。

「その耳と尻尾、何か役に立つのか」

「耳と尻尾があるからすごいんじゃなくて、それが発現するぐらい色濃くドワーフの血が出ているからすごいのですよ。古《いにしえ》の時代のドワーフと同じく、炎と土を手足のように操れるのです。えっへん」

「伝承通りの力か。それはすごい」

魔力にはそれぞれ適性というものがある。

四属性にも得手《えて》、不得手がある。

体に魔力を纏《まと》うのが得意なもの、放出するのが得意なもの。

出力自慢もあれば、制御に自信があるものもいる。

ドワーフというのは、錬金術師の助手に必要な炎と土を操る能力に特化させた種族。

ただ、そちらに特化しすぎたことで錬金魔術そのものに対する適性はない。

……いや、違うのか。きっと錬金術師たちはあえて錬金魔術そのものを使えなくした。

道具が錬金術師を上回らないように。

彼らは高炉がないと不可能な出力の炎を生み出す力や、土や鉱石を感知・操作する能力を持つ。普通の人間にはおおよそ不可能な領域。

なにより、その炎と土を操る術式を、意識的に組み立てるのではなく、あたりまえな行動として無意識に行えてしまう。

助手としては非常に便利だ。

大雑把で、魔力消費の大きい部分を彼らに任せ、精密さが要求される仕上げだけに集中できる。

それこそが錬金術師の助手として作られたドワーフの特徴。

「尊敬してください。あと、私ほどじゃないですけど、ドワーフはみんな魔力を持ってますし、炎と土の魔術が使えます。手先がすっごく器用で人間の何倍も力持ち。これだけすごい種族だから目をつけられたんでしょうね」

「そうだろうな。利用価値もそうだが、彼らは恐れたのかもしれない。人間より優秀なドワーフを」

「怖がらなくてもいいのに。私たちは人間に関《かか》わるつもりなんてないですよ」

「その気があるなしは関係ないさ。牙《きば》を剝かれれば危険だって事実だけで、迫害するには十分だ」

「納得できないです」

それはドワーフだけじゃなく、俺たちカルタロッサ王国と隣国の関係にも同じことがいえる。

そう思えば、不安の種を取り除かなければいられないのが人間だ。

【できてしまう】。

いよいよ地上に出る。

どこかの倉庫の中が出口になっていた。

「集落にある秘密の地下倉庫です。こっちから地上に出られますよ」

中から外の様子が見られるようで、慎重に周囲にだれもいないことを確認してから外に出る。

扉を閉めると、そこに扉があることがまったくわからないほど巧妙に隠れる。見事なものだ。

「今日は付き合ってくださってありがとうございます」

サーヤが門番に頭を下げる。

「いえ、姫様は我らの希望です。その、なんでしたら私も姫様の屋敷に泊まりましょう。その男が何をするか」

「ああ、それはないですよ。そういう人じゃないです。では、また明日」

「はっ、また明日。姫様、ご機嫌よう」

門番が帰っていく。

それから少し歩くと目的地に着いた。

「では、こちらにヒーロさん、ヒバナさん。広くて何もない我が家にご招待です。ちなみにお父様は留守なので、私だけ。気兼ねはいりませんよ」

「驚いたわ。とっても立派なお家なのね」

「見た目はそうですねぇ」

サーヤが掌で指し示すのは、この街でひと際《きわ》大きな屋敷というべきもの。

いくら金を積んでも実現できない、高い技術力と芸術的センスの融合によって生まれた豪邸に、俺とヒバナは見惚《みと》れてしまった。

◇

部屋の中に入ると魔力灯がともる。

魔力灯の仕組みは簡単。魔力を流すと光る鉱石に魔力を循環させる。

材料さえあれば、わりと簡単に作れるので、魔力を持つものは愛用しているものが多い。

ただ、魔力石の加工がすばらしい。循環効率が非常に高い。きっとサーヤが作ったのだろう。

しかし、それ以外は家具も調度品も、ほとんど見当たらない。

「なるほど、広くて何もない我が家なのはこういうわけか」

「外観が立派なのは、ドワーフの技術力を見るために人間が、家を建てるときに無茶ぶりしたからなんですよ。その無茶ぶりを全部こなしちゃったらこんな街ができちゃいました。でも、中は何もないんですよね」

彼女の言う通り、家具などは最小限のものしかない。

最小限のものもおそらくは彼女たちのお手製。

「ひどいんですよ。週に一回ぐらい見回りがあるし、半年に一回は家の中まで入ってきて、贅沢《ぜいたく》品は没収されるんです。私たちはドワーフの本能でいろいろと作っちゃうんですけど、それ全部持っていかれます。おかげで生きるのに必要な最小限のものしかないんですよ」

「徹底しているな」

「そうなんですよね。だから、いろいろ我慢が限界なんです」

作り笑いをしているが、目は笑っていない。

……本当に暴動一歩手前なんだろうなと想像できる。

「さて、夕食まだですよね。ちょっと待ってくださいね。この前、こっそり抜け出して森でとってきて塩漬けにしたキジ肉が。それに山芋もあったからすりつぶして焼きますね」

「あの地下通路、それ用か」

「そうですよ。狩りや採取は禁止ですけど、配給だけじゃ飢え死にしちゃいます。そういうのが得意な仲間は夜な夜な抜け出して、ばれない程度に獲物をとって帰ってきてるんですよ」

「たくましいな」

「たくましいというか、やらないと死んじゃうだけですよ」

「そうか、ならその命がけで手に入れた食料はとっておいてくれ。土産があるから、それで夕食にしよう。船でここまで来る途中に大物を釣り上げてな。こいつがそれだ。けっこういけるぞ」

「お魚ですか！　滅多《めった》に食べられないんでうれしいです。ささっ、こちらがダイニングキッチンですよ」

サーヤが急《せ》かすように俺たちを案内する。

そして、予想通り竈《かまど》と流し台、それから石の食卓と椅子しかない殺風景なキッチンへ案内された。

そんなサーヤに、燻製《くんせい》したマグロ肉、それから保存用のパンを渡す。

「うわぁ、魚の燻製肉ですか。中心が赤いですけど……くんくん、あっ、大丈夫ですね」

「わかるのか」

「キツネなので、匂《にお》いを嗅《か》げば食べられるかどうかは一発です」

もう三回ぐらい聞いたが、キツネなのでって言葉、便利すぎないか。

「浅めの燻製でも数日は持つんだ。きっちりやれば一か月とか保存できるが、そっちのほうがうまい」

「わかります！　じゃあ、夕食を手早く作っちゃいます」

サーヤは人数分のパンに切れ目を入れた。

次に棚の隠しスペースに収納されていた山菜を軽く茹《ゆ》でる。

それからパンに燻製マグロと一緒に山菜を挟む。

皿に盛りつけつつ、干し肉を茹でて柔らかくしたものと、その茹で汁に塩を加えた簡単なスープを作ってくれた。

「姫様なのに料理するんだな」

「言ったじゃないですか、あくまで集落の長《おさ》の娘ってだけですよ。取りまとめ役ってだけですからね」

そう笑いつつ、食卓にサンドイッチを並べる。

「食べましょう。お腹《なか》空きました！」

「そうだな」

「そうね。今日は疲れたわ」

そうして、少し遅めの夕食が始まった。

◇

水とサンドイッチと干し肉スープという質素な食事をする。

質素ではあるが、なかなかにうまい。

レアに仕上げた脂の乗ったマグロは燻製にしても、絶品だ。

「うううううん、美味《おい》しいです。甘くてとろっとして、ほっぺた落ちちゃいます。海って、こんなに美味しいお魚が泳いでいるんですね。船を作ったら、毎日魚を獲りますよ」

「そっ、そうか」

……これが魔物肉で、錬金魔術で瘴気《しょうき》を取り除かない限り食べられないことは伏せておこう。

がつがつと嬉《うれ》しそうにサーヤはサンドイッチを頬張《ほおば》る。

ここまで美味しそうに食べてもらえると材料を提供した側としても嬉しい。

「サーヤ、食べながらでいいから聞いてくれ。船を造り、集落のみんなを乗せて移住先を探すという計画だが……あまりにも無謀すぎる。やめたほうがいい」

サーヤがサンドイッチを置き、俺の目を真っ直《まっす》ぐに見つめる。

「どう無謀なんですか？」

「まず、この集落全員、二百人強、それから二百人強が航海中に必要とする物資。それだけのものを搭載できる船だ。かなりの大型になる。それを秘密裡《り》に作れるか？　そもそも、その材料をどう用意する？　鉄は指定された武器のノルマで持っていかれるのだろう？　おまえも言っていたな。ノルマがきつく、安全な場所でもう鉄はとれなくなったと。日々のノルマをこなしながら、それだけの鉄を捻出できるとは思えない」

二百人で長期間航海する船はかなり大型になる。

大きいということは大量の資材が必要だ。

命がけでないとノルマが達成できない状況で、さらにそれだけの資材を集めるのは現実的ではない。

そして、それだけの大きさの船を気付かれずに組み立てるなど夢物語にすぎない。

「材料にあてはあります……組み立ては、これから考えます」

「まだある。俺の船を参考に設計できると言っていたな。そんなサーヤならどれだけの工数かわかるだろう。いくら炎と鉱石を操る魔術があったところで一人じゃ、いったい何年かかるか」

「概算で、九か月ほどです」

「それは、サーヤがそれだけに専念しての数字だ。抜け出せるわずかな時間で計算すれば、その十倍はかかる」

サーヤが言葉に詰まる。

「もし、奇跡的に船が完成したとしよう。どうやって二百人全員が抜け出して船に乗り込む？　見つからずに船まで乗り込めるか？」

「……」

「まだある。船に乗り込めたとしよう。じゃあ、次はどこに向かう？　この大陸しか知らないサーヤたちが、なんの目印もなく航海にでて、新たな住処《すみか》を見つけ、手持ちの食料を失う前に、生活環境を整えられると思っているのか？」

可能性はゼロじゃない。

しかし、限りなくゼロに等しい。

「わかっているんです。無茶なことだって。でも、それしかないじゃないですか。私はウラヌイの人たちを全部倒すより、海に逃げたほうがマシだって。だから、こうして」

「そうか、船で逃げるのは妥協案か。なら、もし、もっと現実的な方法があったとしたら？」

「……それをあなたが用意するって言うんですか？　なんのために」

「鉄、それからサーヤとドワーフの力を俺の国が得るために」

サーヤを助けるためなんて言わない。

今日やってきたばかりの来訪者が、見返りを求めないほうがどうかしている。

それに、俺もカルタロッサ王国の代表として、国の利益《りえき》にならないことをするわけにはいかない。

俺はカルタロッサのために鉄を手に入れる。

そのためにここに来た。

「仮に、あなたの提案した方法でうまくいったとしても、ウラヌイに支配されているのが、あなたとあなたの国に支配されるようになるだけじゃないですか」

「まあな、だが、俺はもっとましな暮らしを約束するし、対等な相手として付き合っていきたいと考えている。サーヤ、君は姫なのだろう。目の前に民が救われる可能性があるのに、聞きもしないうちに切り捨てるのか？」

まだ出会ったばかりだが、彼女が民を愛し、民に愛されているのはわかった。

だから、こういうずるい言い方をした。

「……聞きましょう。あなたの提案を」

「ああ、俺とサーヤ、カルタロッサ王国とクロハガネ。みんなが幸せになる、そんな素敵な未来を提案しよう」

そうして、俺は第三案について話し始めた。

サーヤに、いかに船で逃げるのが無謀かを説明した。

その説明はサーヤを味方に引き入れたいという打算があったからこそしたのは否定《ひてい》しないが、無謀であるということは純然たる事実だ。

なにせ、秘密裡《り》に大型船を造りあげ、ウラヌイの監視員に気付かれずに乗り込むというのは不可能だ。

仮に奇跡的に成功したとして、生活基盤が整えられるほど豊かで誰《だれ》の持ち物でもないという土地なんてものはほとんど存在しない。

そんなものを短期間で見つけるなんて夢物語。

「聞かせてください。私がやろうとしていることを無謀と言った、あなたがどんな提案をするのか」

「大型船を造り、集落のみんなを船で安全な土地へ運ぶ」

サーヤがやろうとしていることを言う。

実際、そうするしかない。二百人というのはあまりにも少なすぎ、戦うという選択肢は取れ

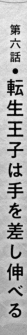

ない。しかし、二百人という少人数だからこそフットワークは軽く、住み慣れた地を捨てる覚悟ができているなら逃げたほうがかしこい。

「馬鹿《ばか》にしているんですか⁉　私のやろうとしていることと一緒です」

「やることは同じでもやり方が違う。地図を提供しよう。いくつか比較的豊かな土地かつ、おそらくは人が住んでいない移住先候補を教える。教えるだけじゃなく、下見のために俺《おれ》の船を提供しよう。俺とヒバナが居住可能かの下調べと環境づくりにも協力するおまけつきだ。その際に航海の仕方を教えてやる」

移住先候補がすぐに出せるのは、実のところカルタロッサ王国の民全員を移住させるという手も選択肢の一つとして用意していたからだ。

今回の鉱山に人が住んでいたように数百年で状況が変わっているかもしれない。それでも、いくつか見て回れば一つぐらい人が住んでいない土地がある公算が大きい。

なぜ、移住を検討《けんとう》していたかだが、戦争に勝ち目がないと判断したとき、死ぬまで戦うぐらいなら逃げたほうがいい。

逃げるというのも有効な選択肢だ。

なにより、いざというときは逃げられる。

そういう保険があるからこそ、より大胆な策が使える。

国の指導者として、戦争が起こり、それで負けたらすべて終わりなんて状態でいることは怠慢だ。これ以外にも次善策は常に用意してある。……半分ぐらいはアガタ兄さんのアイディアだが。

「そこまでしてくださるんですか⁉」

「ああ、今のままじゃあまりに危なっかしい。それに、サーヤたちは海の怖さを知らないだろう？　危険なのは魔物だけじゃない。たとえば、一度遠洋に出ればコンパスが歪《ゆが》んで方向がわからなくなる」

「……それ、ほんとうですか」

「本当だ。仮に鉄の船を造れたとしても確実に遭難する。遠洋に出るのなら、これは魔力針というんだが、こういったものが必要になる。これは海の怖さ、その一端。波や天候の変化にも鈍感だろう？　必要な道具を揃《そろ》えたうえで、ちゃんと航海を覚えないとただの集団自殺だ。だからこそ道具は提供するし、航海は俺が教えてやる」

サーヤが、考えもしなかったという顔で魔力針を見つめている。

思った以上に詰めが甘い。

「でも、それって船で逃げられる前提での話ですよね。ヒーロさんは船を造ることも逃げることも難しいって言っておいて、そんなこと言うなんて変です」

「ああ、サーヤたちだけじゃ不可能だ。しかし、俺が協力すれば可能になる。船の建造も、全員を逃がすのも」

「……それはあなたが錬金術師だからですか」

思いがけない言葉が飛んできた。

そこに気付いていたからこそ、ああいう態度だったのか。

「それはまだ言っていないはずだが」

「あんな船を造れるのは錬金術師だけです……それに、ドワーフは錬金術師のために作られた種族。そのせいか、一目見たときから、懐かしくて、愛おしくて、胸がきゅんとして。……それが気持ち悪くて仕方なかったです」

「気持ち悪いとは心外だ。だが、気持ちはわからなくもない。なら、なぜその気持ち悪い男を招き入れた」

理由のない好意。

それが自分の意思と関係なく仕組まれたものなら、誰だって不快になる。

「錬金術師なら力があるのは確かですし、眷属《けんぞく》である私《ドワーフ》たちに手を差し伸べてくれるかもしれない。それに、あの人たちの敵です。あの人たちは、ドワーフを汚れた者の眷属と呼んでいますから」

「敵の敵というわけか。ドワーフを汚れたものの眷属というなら、錬金術師は汚れそのものだろうな。……気付かれているなら隠す必要もなくなった。錬金術師だからこそできることがある」

「具体的には？」

「錬金魔術ならではの方法で採掘効率を数段上げられる。船の建造もそうだ。ドワーフ数人でパーツを大雑把に作り、俺が仕上げをすることで作業効率は何十倍にもなる。次に、おまえたちを逃がす方法だがな、ウラヌイという街は山を越えた先にあるのだろう。それから、地図を見る限り、道はここにあるはずだし、そこ以外に街道はないだろう」

俺は地図を広げ、一点をペンで囲む。

数百年前の地図であり、色々と状況も変わっているだろうが、それでも地形自体は大きく変わらない。

少ない労力で道を作れる場所は限られる。

「たしかにそこには道があります。ウラヌイとクロハガネを繋《つな》ぐ大きな道はそこだけです。そこを通らない場合、ものすっごくこっちに来るの苦労しちゃいます」

「その道、このあたりが崖に囲まれているだろう。そこを爆破《ばくは》して土砂崩れを引き起こせる。こうすれば通れない。監視をしている連中は脱走に気付いても、援軍が来られないのなら、問題ない。街に滞在している少数の兵なら俺とヒバナで無効化できる」

「この道を潰《つぶ》せば、時間稼ぎができますね……船まで逃げる間ぐらいはなんとか」

「爆破と足止めはこっちで引き受けよう、その間にサーヤは民を船に乗せて下調べをした移住先を目指して出航。俺は自分の船で追いかける」

かなりの問題がクリアできた。

むろん、俺はまだまだウラヌイのことを知らなすぎる。情報を集め、さらなる検討が必要だ。

だが、大筋はそれでいい。

「どうして、そこまでやってくれるんですか？」

「言っただろう。俺の国のためだと。協力をするには、いくつか条件を受け入れてほしい。一つ、サーヤが欲しい。移住が成功したら、俺と一緒に我が国へ来てくれ」

「つまり、私の体が目当てなんですか？　民の命を盾にして、尻尾《しっぽ》をもふったり、顔を埋めてくんかくんかしたり、あまつさえはむはむするつもりなんですね……知っていました。男なんてみんなそうです。女の子の尻尾のことしか考えてない猛獣《ビースト》なんですよ……」

「いや、そのキツネ尻尾は可愛《かわい》いとは思うが、そこに欲情はしない」

それがドワーフの価値観なのだろうか。

というか、こいつ案外余裕があるな。

「冗談です。私一人で民が救われるなら、安いものです。どんなことでも受け入れます。ただ、できれば最初は優しくしてください。その、初めてなので」

俺の交渉を邪魔しないようにずっと黙っていたヒバナがすごい顔で俺を見ている。

信用されていないのが悲しい。

「……そういう意味で欲しいわけじゃない。欲しいのはその能力だ。船を見て一瞬で構造を読みとり、新たな船を設計できると君は言った。そして、その工数を九か月と答えたことに俺は感心している。ちゃんと見えている。それに君が作ったトンネルも素晴らしかった。君が助手になれば、俺は今まで以上に大きなことができる。優秀な人材を得るためなら、これぐらいはしよう」

「なるほど、性奴隷じゃなくて、労働奴隷が欲しいわけですね」

「奴隷じゃない、俺が欲しいのは助手だよ。無茶ぶりはしないし、相応の報酬も出す」

「いい条件すぎて逆に怪しいですね」

「別にいい条件じゃないけどな。もうすぐ戦争が始まる、そんな国へ来ること自体が命がけだ」

「そういうことですね。そうだとしても私の答えは変わりません。みんなが助かるなら行きます」

いい覚悟だ。

それほどまでに、民たちを愛しているのだろう。

そこも評価に値する。

「条件その二だ。俺はここに鉄をとりにきた。鉱山を自由に採掘する権利がほしい」

「あの、それは構わないですが、いいんですか？　私たちが逃げたあととか、難しくなると思いますが」

「構わない。今掘っている鉱山、そこを見せてもらえば鉱脈の繋がりで、新たな採掘場所を錬金魔術で見つけられる。そこで好き勝手掘らせてもらう。そっちの安全性が担保できれば、その仕事をドワーフたちに代行してもらう。むろん相応の報酬は払う。条件は以上だ」

一つ鉱山があれば、そこから新たな鉱脈を見つけることができる。たしかに、クロハガネの住民たちが逃げ出せば、ウラヌイのものたちは自力でその鉱山を採掘するため近づけなくなるが、別の場所で掘ればいい。

そうやって新たな採掘場所を用意しておけば、定期的に船でドワーフたちに掘りに行かせられる。

今の鉱山から離れた場所であれば、そうそう見つからない。

むろん、委託するのは何とか脱走した後に、俺が試して安全を確保してからだ。

「わかりました。あなたが出した条件を確認します。条件一、私という人材。条件二、鉱山の採掘権。条件三、新たな鉱山を見つけ、そこの安全が確保できれば、採掘作業の委託を請け負うこと。この三つですね？」

「間違いないな。その三つの条件を飲んでくれるなら、移住先の選定、船の建造手伝い、移住の際のサポートを約束しよう。どうする？」

「受けます」

サーヤは即答する。

あとはあえて口にしなかったが、サーヤを引き入れ、隣国との戦争がひと段落済んだタイミングでドワーフたちにカルタロッサ王国への移住を勧めるつもりだ。

　戦争がいつ始まってもおかしくない今は提案できないが、いずれは必ずと思っている。

「契約は成立だ。今のままじゃ計画は穴が多すぎる。鉱脈を調べたいし、ウラヌイについての情報が欲しい。実際彼らが使う道を調べたい。彼らのクロハガネの監視体制や、増援を呼んだ場合、どれほどの速度でどれだけの規模が来るのかも知っておく必要がある」

「いいですよ。全部なんとかします」

「朝が来ると同時に俺とヒバナはここを出たほうがいいな。よそ者が入っていることを知られないほうがいいだろう。採掘作業中にも監視はあるか?」

「採掘中の監視はありません。監視の兵隊さんは街の中にしかいませんから。あの地下道で街の外に出ちゃえば、外で合流し放題。でも、何日かに一回、配給を兼ねた視察で大勢が来ちゃって、鉱山の中まで見るので、そのときだけは鉢合わせの危険性がありますね」

「わかった。それで行こう」

　一歩街から出たらやりたい放題。

　それがわかっただけで大きい。

　明日はさっそく鉱山を見てみよう。

　鉱脈がどこまで伸びているか調べれば、ここからかなり離れた位置に採掘ポイントを作れる。

　そうすれば、ウラヌイの連中の眼《め》を盗み、鉄が掘り放題になるだろう。

第七話 ● 転生王子は鉱山を調べる

翌日、早朝に地下道を使ってヒバナと共にクロハガネから出る。誰《だれ》にも見られないように細心の注意を払っていた。

サーヤからわかる範囲でウラヌイのことを話してもらった。

ウラヌイというのは、この大陸では有数の国、ヒルマ帝国の一都市であり、クロハガネから見ると一番近い。

ヒルマ帝国というのは、聞いたことがないしカルタロッサ王国の資料にもない。

ヒルマ帝国は好戦的な国らしく、武器を常に必要としており、クロハガネを利用している。

さらに、近々大きな戦争が起こるらしくノルマが上がっているとのことだ。

そして、クロハガネのものたちが逃げないように街に見張りが常駐しているらしい。

たった十人であり、その気になれば制圧できる。

しかし、異変があれば増援を呼ぶそうだ。加えて、定時連絡というものがあるらしく、それがないと騒ぎになる。

増援要請、あるいは定時連絡がないとウラヌイとの中間地点に詰め所から増援がやってくる。

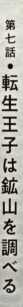

詰め所までは早馬で二時間ほど、魔力持ちが身体能力を強化すれば一時間ほどでたどり着ける。

増援を呼びに行ってから五時間ほどで本隊がやってくるし、魔力持ちの先行部隊は、二時間半ほどでたどり着いてしまう計算だな。

二時間半で集落の民すべてを船に乗せるのは到底不可能だ。

ドワーフという種族はすべて魔力持ちだが、魔力量には個人差があるし、そもそも身体能力を魔力で強化するというのは高度な技術で訓練がいる。

老人や子供がいるのも大きな問題だ。

どれだけ短縮しても船に乗り込むまで八時間ほどはかかってしまう。

まともに逃げれば、必ずウラヌイの兵に追いつかれる。

そうさせない方法は二つある。

一つはそもそも増援を呼ばせない。十人程度なら、策を練れば一網打尽にできる。増援を呼ばせなければ楽に逃げ切れる。

もう一つはサーヤにも説明した道の封鎖。

その両方を行うつもりだ。

まずは増援を呼ばれないように見張りすべてを一瞬で無力化する方法を探りつつ、呼ばれても大丈夫な保険として道を封鎖する。

そして……。

「仕留めたわ。この森は獲物がたくさんいて食料調達が楽ね」

「これだけ豊かな森で、ほとんど狩りに来ないらしいからな」

ヒバナがまるまると太ったキジを狩ってきた。

俺《おれ》たちの朝食だ。

ヒバナが器用に羽根をむしり、内臓を取り除く。

それを受け取った俺はぶつ切りにして鍋に入れる。脂がのっているので肉から脂がどんどん溢《あふ》れてきて、その脂で肉が焼けていい香りが広がる。

俺のほうは掘り起こした山芋をすりつぶして、手持ちの小麦粉を混ぜて練り上げたものを石に張り付けて、その石ごと焼いている。

いわゆる平パンというやつだ。

キジ肉を塩で味付けしたものをパンで包み、ヒバナに渡す。

「ありがとう。相変わらず手際がいいわね」

「昔から、料理は得意なんだ」

今では妹に追い抜かれたが、もともとあいつに料理を教えたのは俺だ。

ただの塩焼きだが、丸まる太ったキジ肉はそれだけで十分なご馳走になる。

「美味《おい》しいわね。ちょっとうらやましいわ」

「そうだな。カルタロッサの森では、こんなことできないからな」

昔はカルタロッサの森もそれなりに動物がいたのだが、まともに作物が育たないこともあり、生きるために狩りすぎた。

それでどんどん動物が減っていき、今じゃほとんどいない。

そのため、魚が獲れるようになってからは森での狩りを全面禁止している。

一日中狩りをしてもろくに獲物が見つからず割に合わない。それなら、きっぱり狩りはやめて、動物が増えるまで待ったほうがいいと考えたからだ。

「帰りに余裕があれば、何匹か生きたまま連れて帰りたいな」

「それもいいわね」

生態系への配慮は必要だが、もともとカルタロッサの森に生息していた動物であれば問題ないだろう。

イノシシのペアを数頭だけでも持ち帰りたいものだ。

彼らは繁殖力が強い。

「さて、そろそろ約束の時間ね。ヒーロ、うれしそうにしているわね。ヒーロはサーヤと話すときすごい楽しそうよ。あの子、可愛《かわい》いものね」

「サーヤは可愛いが、楽しんでいるのは別の理由だ。彼女は頭がよく知識もある。よほどいい教材があったんだろう。技術的な話をできるものはカルタロッサにはいないからな。楽しくて仕方ない」

「ちょっとうらやましいかも。私は剣しか知らないし」

「ヒバナにしかない魅力もある。その剣に俺は惚《ほ》れ込んでる。そんな剣を振るうヒバナにもな」

「そんなふうに大人の対応をされると拗《す》ねた私がばかみたい」

「そういうヒバナも新鮮で悪くない。鉱山に行こう」

「ええ、行きましょう」

俺たちはここにいた痕跡を消し、キジも食べられる部分は木の皮に包んでサーヤへのお土産にし、残りは土に埋める。

痕跡が見つかり、ドワーフたちが狩りをしたと疑われると迷惑をかける。

鉱山の視察も楽しみだ。いったいどれほどの鉄が眠っているだろう。

◇

鉱山に着き、サーヤたちの到着を待つ。

すると、昨日街の入り口で見た馬車に乗って一団がやってきた。

サーヤは馬車と共に残り、道具を担《かつ》いでドワーフたちが中に入っていく。

サーヤは両手をぶんぶん振っている。

あれは、ウラヌイの見張りがいないから合流しても大丈夫という合図。

俺たちはサーヤと合流する。

「今日は見張りがいないようだな」

「はい、やりたい放題ですよ。鉱山が見たいんでしたよね」

「ああ、ついでにドワーフたちがどうやって鉄を掘るのかも見たい」

「じゃあ、私についてきてください」

「俺たちのことを知られてもいいのか」

「ちゃんと事前に話してますし、ここにいるみんなは信用できます」

サーヤに案内され、鉱山に掘られた横穴から入る。

横穴も、地下道と同じように釉薬《うわぐすり》が塗られて焼き固められていた。

「私たちの採掘方法は人間さんとはちょっと違います。ちょうど、掘り進めてますから見てください」

サーヤが指さした先には、男のドワーフがいた。

魔力を使うことで土を操《あやつ》り、徐々に掘り進む。

掘った分の土は、別のものが外まで運び、さらにある程度掘り進むと、ドワーフ秘伝の釉薬を塗り、焼き固めていく。

「こうして、徐々に進んでいくのか」

「ええ、ドワーフの嗅覚《きゅうかく》で、だいたいどの辺にどんな金属があるかわかりますから」

「ちなみに、どれぐらい先までわかる？」

「普通のドワーフでだいたい百メートル先まで、私ならその三倍はいけます。鉄の匂《にお》いを摑《つか》んでいる限り、間違った方向を掘ったりしません」

それはすごいな。

俺も似たようなことはできるが、探索範囲はせいぜい、五十メートルほどしかない。

さすがに錬金術師が助手として必要な能力を与えて作った種族だけはある。

「こうして、どんどん掘り進んでいって、鉱脈を見つけると、穴掘りをやめて、鉄鉱石を確保し始めます。ちょうど、たどり着いたみたいですね」

穴掘りをぴたりとやめる。

土を操る魔法で土をのけると、ごろごろと石などが取り残される。

それを拾い上げ、鉄が含まれた石、鉄鉱石だけを荷車に乗せていく。

実にシンプルだ。

「いっそ鉄鉱石じゃなく、鉄だけを抽出して乗せたほうが効率が良くないか」

「それはきついです。私たちは炎の魔術で溶かした状態なら、分離させられますけど、これだけがっちり固まってると無理ですよ」

「鉄の変形は」

「それも柔らかくしないと無理です」

なるほど、本当に原始的な土や石、鉱石の操作しかできないのか。

錬金魔術であれば、それぞれの物質を今の状態で分離させることができるし、金属を思い通りに変形させられる。

「昔は浅いところにだいぶ鉄があって鉱山の表面を掘れば良かったんです。でも、浅いところはだいぶ掘っちゃったんで、こうしてトンネルを作って、深いところにある鉱脈を見つける必要が出ました。一度見つけるとだいぶ楽ですが掘りつくして、次を見つけるのすごく大変なんです」

だろうな。

「だから、ああして鉄鉱石の一部を一か所に集めているのか」

「ウラヌイの人たち馬鹿《ばか》ですからね。ノルマを一週間単位で設定するんですよ。一回鉱脈が尽きたら、次のが見つかるまで掘れるわけないのに、ないと文句言うんですよ」

「それでああやって、ノルマに余裕があるときは隠しているんだな」

「はい、そうしていると掘れないときも怒られないです。それだけじゃないですよ。採掘しすぎたら喜々としてノルマ増やしてきますのでその対策でもあります。……こうしてもぎりぎりですけど」

実に賢い。

というより、ウラヌイのほうが馬鹿なのかもしれない。

こういうことをさせないように、作業中も見張りをつけるべきなのに。

「今日は何事もなく、作業ができそうです。そう言えば、別の採掘ポイントを見つけるんですよね」

そうしないと、ドワーフたちを助けたあと鉄が手に入れられなくなる。

だから、ここから離れた鉱脈を掘り起こす。

「ああ、それもここのように数日掘ったら次を見つけないといけないものじゃない、もっとでかい鉱脈をだ。ドワーフたちはいつも通り鉄を掘っていればいい、船に使う鉄はすべて俺が掘る」

「あっ、あの、すごい量ですよ」

「手本として見せた船を作ったのは俺だ。読み違えはしないよ」

この採掘場を見た段階でそれが可能だと確信した。

早速、やってみよう。

第八話・転生王子の秘密ドック

鉱脈というのは、ところどころ切れ目はあるが、かなりの広範囲に続いている。

そして、ドワーフたちの感知範囲の広さなら、その切れ目の先にある鉱山を探っていける。

サーヤが安全で掘りやすいところは掘っていたと聞いて、かなり警戒していたが、実物を見た限り、想像していたよりずっとましであり、必要な量の鉄は容易に手に入ると確信した。

例えばの話をしよう。

有名な南アフリカの金鉱山は掘りやすいところは掘りつくし、採掘が難しいと言われている。

具体的にいうと、地下三千メートルより深いところでなければ採算がとれる量が採掘できない。それが地球における採掘が難しいの基準。

その点、サーヤたちは地上の山を掘り進めば手に入ってしまうという恵まれた状況だ。

完全に地下は手付かずであり、かなり浅い地下百メートル以内のところにすら鉱脈が残っている可能性が高い。

「サーヤ、頼みがある。俺《おれ》についてきてくれないか」

「別に構いませんよ。今は鉱脈が見つかってますから、抜けられます」

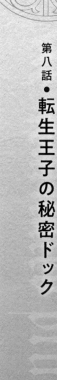

通常のドワーフよりも感知範囲が広いサーヤは鉱脈を見つけるための要《かなめ》であり、鉱脈探しの途中では抜けられないのだろうが、今みたいに単純に鉄鉱石を集めているフェイズであれば手が空くようだ。

「悪いな」

「悪くはないです。私が協力するのも約束のうちですから。それで何をしたいんですか」

「地下鉱脈を掘るんだ。ドワーフの鉱物感知能力、使わせてもらおう」

誰《だれ》も手をつけてないところにこそお宝は眠っている。

そこを狙《ねら》う。

◇

地下を掘るといっても、闇雲《やみくも》に掘っても効果は期待できない。

なら、どうするか?

まずはあたりをつける。

周辺の地形、そして鉄が採掘できている鉱山の詳細。

さらに、今までどのあたりで鉄が採掘できたかをサーヤに聞き、地図に書き込む。

それだけの情報があれば、鉱脈の繋《つな》がりを予想できる。

予想したうえで、海方面へ進みながら、鉱脈があると予測したポイントで調査を行う。

その調査ではサーヤの力が必要だ。

「サーヤ、ここで調べてくれ」

「わかりました！　むむむ、ここは外れです」

サーヤの感知で下方面に鉄の反応がないか調べる。

下に意識を向けながら、半径十メートルほどの円を描くようにして歩いてもらうことで、かなりの精度で鉄がないかを調べられる。

サーヤは三百メートルもの距離を感知できる。

三百メートル以上の深さにある鉱脈は見逃しても構わない。そこまで深いところにあると、危険かつ採掘効率が悪い。

そうして、俺たちは海方面に歩きながら、一つ一つポイントを潰《つぶ》していた。

今回は外れだったが、当たりはすでにいくつか見つかっている。

それでもほかのポイントを探すのは、採掘量とウラヌイの連中に気付かれずに採掘する、その両方を考慮したうえで、最適のポイントを見つけるためだ。

日が暮れるまでに目ぼしいところはすべてチェックした。

そのうえで、掘るべき地下鉱脈を選ぶ。

「ここにしよう」

「一番海に近いところね」

「そこですか？　埋まってる場所は地下百メートルより深くて難しいですよ。他にもっと掘りやすくて鉄が多い場所もあるのに」

サーヤが首を傾げている。

「位置が重要だ。なるべく、鉱山から離れて海に近いほうがいい。俺がやろうとしていることを説明しよう。地図で……いや、実物を見たほうがいいな。ついてきてくれ」

ただ掘るだけじゃなく、それで船を造る。

さらには、船を造ったあと定期的に鉄を運び出す。

そこまで考えて、ポイントを決めた。

それを説明する。

◇

俺がサーヤを案内したのは海に面した洞窟《どうくつ》だ。

海沿いに、おあつらえ向きのものがあった。

その洞窟がある崖は高く断崖絶壁で、入り口は死角になって、地上からは気付けない。

それでいて、入り口が広く、中に入れば足場もある。

俺たちが乗ってきた船を使い、その洞窟の中に入る。

「こんな場所があったんですね」

「サーヤの家を出てから、合流するまでの間に海岸沿いを調べていたんだ……船を造るのにちょうどいい場所はないかってな」

秘密裡《り》に大型の船を造れる場所は限られる。

……最悪、そういう場所がなければそれこそドックを一から造ろうと思っていたが、こういうものが見つかった。

まさに天然のドックだ。

「すごいですね。ここならバレずに船を作れるし、船出もすごく楽です。でも、よくこんな場所を見つけましたね」

「簡単よ。船でぐるっと海岸を一周したの。さほど時間はかからなかったわ」

ヒバナはそう言うが、かなり広い範囲の探索が必要だった。

小回りが利《き》く高速船とヒバナの集中力、魔力量、体力がなければ見つけられなかっただろう。

「でも、ここに来るのなかなか難しそうです。船だと一度に乗れる人数は限られますし、あの崖を下るのは」

「それは地下道を作ればいいだろう。クロハガネにあるような。どっちみち、地下道は作るつもりだ。一つ増えるのは大した手間じゃない」

「別に？　いったいどこへ」

「決まっているだろう。鉱脈へだ。採掘ポイントとここを繋ぐ地下道を作る。そうすれば、鉄の運搬が楽にできるし、ウラヌイの連中に見つからない」

船を造るために鉄を運び込む必要がある。

なら、いっそ地下道で採掘ポイントとドックを繋げばいい。

それだけじゃなく、カルタロッサ王国に鉄を運ぶ際にもここへ運ぶ必要がある。

一々、鉄を掘るために地下へ行き、地上に上って、また崖の下のドックまで下る。そんな何度も登ったり下りたりするのは馬鹿《ばか》らしい。

「だから、あのポイントを選んだんですね」

「そうだ。一定以上の埋蔵量があるなかで、一番近い」

たった五キロしか離れてない場所に、鉱脈があるのもまた僥倖《ぎょうこう》だ。これだけ好条件が重なるのはいい意味での想定外だ。

「それでも、ここから私が見つけた採掘ポイントまで五キロぐらい離れてますよ？」

不安そうにいうサーヤに向かい、ヒバナが微笑《ほほえ》みかける。

「安心して、ヒーロはたった二か月ちょっとで二十キロ近く、大型の馬車がすれ違えるような広々としたトンネルを掘ったのよ。たった五キロ、それもそこまで大きくないトンネルならさほど時間はかからないわ」

「四日もあればできるな」

前回時間がかかったのは距離もあるが、ヒバナが言った通り大型馬車が余裕をもってすれ違える大型トンネルを作ったからだ。

今後、貿易で発展するという期待があったから大型にした。

だが、今回は違う。

鉄の運搬用トロッコ、そのレール二本を通せるぐらいでいい。

そうすることで、必要な穴の直径は半分になり、かかる労力、つまりは採掘が必要な面積は四分の一。さらに距離は四分の一で単純計算であれば作業量は十六分の一となる。

俺の力なら四日もあれば、トンネルは開通する。

トンネルが開通次第、最低限の鉄を手に入れ、まずはレールとトロッコを作る。あれがあるかないかで運搬効率に天と地ほどの違いが出る。

トロッコまで作ってから、船用の鉄集めを行う予定だ。

「……あの、ヒーロさん。実は次の鉱脈を見つけるまでの貯金、ちょうどノルマに換算すると十日分あるんですよ。もし、鉄が採掘可能になってから、鉱山を掘ってるドワーフ全部が、こっちに協力したら船はどれぐらいで完成しますか？」

「それを答えるには情報が足りない。質問させてほしい。鉄鉱石を鉄の武器にして納品しているんだろう？　それはどうやっている」

「炎の魔術で溶かしてから、土の魔術で不純物を取り除き変形させて、冷まします。炎で溶かしてからなら、それぐらいはできます」

「ドワーフたちで無理なく生産できる剣の本数は」

「えっと、これぐらいです」

彼らの能力は、今日の鉱山掘りで見ただけで、はっきりしたことはわからない。そこを低めに見積もる。

それから、今の鉄鉱石で何本剣を作れるかで加工できる規模と速さを計算。

そうなると、おおよそ……。

「採掘期間と船造り、合わせて八日だな。俺の指示通りに動いてくれるなら、それだけあれば船は完成する」

「嘘《うそ》ですよね。二百人が乗れる船ですよ」

「できる、俺が指示する通りにパーツをドワーフに作ってもらう。歪《いびつ》でもいいから、とにかく速度重視で作ってもらう。それを俺が微調整しながら組み上げる。このやり方なら八日だ」

さすがに鉄鉱石を鉄に変えたり、大きなパーツを作ったり、そんな真似《まね》を自分でやるといくら魔力があっても足りない。

だが、鉄にし、それをおおまかでもパーツを作ってもらえれば、だいぶ楽になるのだ。

……いや、ドワーフの能力を考えた場合、工法さえ教えれば、鉄鉱石を鉄、それをさらに鋼《はがね》へと加工することも可能なはず。さほど手間も変わらない。

今回造った船は長く使う。

それなら、そこまで頑張ろう。造るのは鉄船ではなく鋼船だ。

「八日ですか。すごい。私から提案があります。……私たちはあなたに賭《か》けます。トンネルが開通しだい、全力で支援に回ります。その間のノルマは貯金で誤魔化《ごまか》して、そのノルマがなくなる前に逃亡を決行します」

「かなり無理な計画だな。仕込みが追いつくかが問題だ。鉄鉱石の加工や、各パーツ作りの間、俺の手は空くが、その間に移住先の下調べと追っ手対策ができるかはぎりぎりだぞ」

「できなくとも、貯金がなくなるだけです。……最短で動けるようにしたいです。ダメですか」

現在の状況を考える。

俺自身、一刻も早く大量の鉄と共にカルタロッサへと帰りたい。

急ぐというのはそう悪くない。

「条件が三つある。一つ、その剣幕、急いでいるのはそれなりの事情があるんだろう？　それを正直に話すこと。二つ、急ぐのはいいが安全性重視だ。もし、移住先の下調べや追っ手対策が思わしくなければ……いや、少しでも不安があれば延期する、その際に文句を言わないこと。三つ、延期になり万が一、鉄の貯金が尽きた場合、こちらから融通すること」

「あの、二つ目と三つ目って本来私がお願いするものですよね。すごく、ありがたいですけど、そのいいんですか」

「ああ、構わない。俺はサーヤをもらう。その代わり、ドワーフたちを助けると約束した」

急げば急ぐほど、危険は増える。

たとえば、移住先の下調べの時間をカットする場合、その地に潜んでいる危険を見落とす恐れがある。

時間をかければもっといい土地が見つかったのにと後で後悔するかもしれない。

鉄の貯金を放出しながらこちらの作業に従事するのはいい。しかし、貯金が尽きた場合、こちらの作業を強行する必要はない。ノルマを達成できないことで、ウラヌイの連中が違和感を覚えたら終わりだ。

だから、急ぎはするが無理はしない。やるべきことをすべてやっての最短を目指しつつ、トラブルが起これば延期も視野に入れる。

「ありがとうございます。その提案受け入れます。それから、私が急いでいる理由は私からじゃなくて、父、長《おさ》から伝えさせてください。今日、屋敷で場を設けます。きっと、父も戻ってきていますから」

「ああ、そうしてくれ」

長とは話したいと思っていた。

集落全員を逃がすのだから、長に話をするのは絶対に必要なことだ。

……俺は、そこですべてがひっくり返ることも覚悟している。

サーヤの暴走を父親が止めても何もおかしくない。

そうなった場合は、ただここで船を造り、そのままカルタロッサに戻る。それを許してもらうよう交渉するし、それを納得させられるだけの代価を用意してある。

サーヤという有能な助手を手に入れられないのは痛いが、当初の目的は達成できる。

そう、俺の利益《りえき》だけ考えればドワーフは救わなくても構わない。

それでも、俺はサーヤを助けてやりたい。

出会って、たった二日だが、サーヤを見ていて思っていることがある。

この子は常に笑顔だ。だけど、……なんて痛々しい笑顔をするのだろうと。

そして、その笑顔には見覚えがあった。

第九話・転生王子と契約

船のドックと採掘場所、二つの重要なポイントを見つけた俺《おれ》たちは、さっそくトンネル開通計画を立案し、掘り進めることにした。

距離が長いため、わずかにでもずれれば関係ないところに出てしまう。

そのため念入りに測量を行った。

方位磁針ではなく魔力針のほうを基準にする。精度が上だからだ。

「サーヤ、やるな」

「これだけ細かく砕いてもらえたら、どうにでもできます！」

尻尾《しっぽ》を振りながら、土属性魔術でサーヤが俺の指示する方向を掘り進む。

ドワーフの土・鉱物操作の場合、硬い岩は砕けず、あまりに重量が大きすぎると動かせない。

だから、ドワーフの鉱脈掘りの手順は、土魔術で動かせる土を掘り、残った大きな石は手作業でどけ、硬い岩盤は道具で砕く必要があった。

しかし、ここには俺がいる。

錬金魔術であれば、大きな石だろうが岩盤だろうが簡単に砕けるのだ。

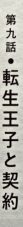

俺が邪魔なものを砕いてから、サーヤが掘り、そのあとに俺が壁を固めるという分業制で行っている。

サーヤの魔力量はすさまじく、掘りやすくさえしてしまえば俺以上の速度で掘ってくれる。

おかげで、砕くことと固めることだけに集中できて魔力消費が、だいぶ抑えられている。

改めて思う、やはりサーヤは有能だ。彼女が欲しい。

「掘るペースが速すぎて、土を運び出すのが間に合わないわ」

土をトンネル外に運び出す役目のヒバナが額の汗をぬぐう。

掘るペースが速い分、彼女の負担が大きい。

「ある程度溜《た》まったら、サーヤに手伝ってもらう。無理をしない範囲で頑張ってくれ」

土が邪魔になるまでは二人で掘り、土が邪魔になったら撤去を二人でしてもらう。その間は俺が一人で掘る。

それが最短でトンネルを開通させる方法だろう。

「たしかに、このペースなら三日で開通できそうです」

「いや、三日の試算は俺とヒバナだけでやった場合だ。このペースなら一日半あればいける」

それほどまでにサーヤと協力してのペースは速い。

「ということは、一日半、余裕ができるってことですね」

「そうだな。喜ばしいことだ」

ここでの一日半は大きい。

サーヤは何か理由があり、一日でも早い脱出を望んでいる。

サーヤの指定した日付はぎりぎりで、一日半の余裕が増えるだけでもぜんぜん違うのだ。

「ヒーロさんってすごいです。なんでもできて、自信にあふれていて。信じてついていけば、大丈夫って思えちゃいます」

「ええ、ヒーロはすごいの。でも、昔はこうじゃなかったわ。あるときを境に変わったの。そのとき、ヒーロが泣きながら、この国を救うと言った日のこと、私はずっと忘れない」

それはまだ、錬金魔術を習得する前どころか、ヒバナが騎士修行に出る前の話だ。

「へえ、羨《うらや》ましいですね。……誰《だれ》かに涙を見せられるなんて」

とんでもなく冷たく、無感情な声がサーヤから漏《も》れた。

いつも笑顔で、がんばりやな彼女のものとは思えない、そんな声が。

「あっ、その、ごめんなさい。変なこと言っちゃって！　ささっ、がんがん掘りますよ！」

そして、また笑顔に戻る。

いつもの笑顔。明るいサーヤ。

……涙を見せられるのが羨ましいか。きっと、姉さんもそんなふうに思っていたんだろうな。

◇

夕方になり、サーヤが一足先に戻る。

彼女はクロハガネの中心人物であり、採掘をしているドワーフたちと合流して、共にクロハガネに戻らないと不自然に思われるからだ。

俺は魔力が切れるまで可能な限り作業を進めて、日が落ちるのを待ちクロハガネの地下トンネルを通ってサーヤの屋敷へと行く。

そして、客間に案内されていた。

サーヤが彼女の父親であり、クロハガネの長《おさ》に会わせてくれるとのことだ。

彼女がいれた、この地方独特の苦い茶を飲んでいると、二人分の足音が聞こえてきた。

扉に目を向けると、サーヤと壮年の男性が入ってくる。

少し背は低いが、威厳があり、その顔には皺《しわ》と共に深い苦悩が刻まれている。

彼にはキツネ耳も尻尾もない。先祖返りではない普通のドワーフ。

彼がクロハガネの長。

「……なるほど、君が錬金術師。ああ、私にもわかるよ」

第一声はそれだった。

サーヤも言っていたが、錬金術師によって作られた奉仕種族であるがゆえに、見ればそれがわかるようだ。

「初めまして。俺はカルタロッサ王国、国王代理。ヒーロ・カルタロッサ。この地に鉄を求めてやってきた錬金術師です」

　俺の正式な立場はこうなる。

　次期王であることは確定しており、父が目を覚まし、健康状態に問題がなければ国王に戻るが、それまでは国王扱い。

「うむ、私はアレク・ムラン・クロハガネ。クロハガネの長をしているものだ。君のことは娘から聞いている。……我々を救うために尽力していただけると」

「ええ、カルタロッサとクロハガネ、双方が利益《りえき》を得るために」

「娘から計画を聞いているが、改めて君の口から、どうクロハガネを救うつもりかを教えてほしい」

「わかりました」

　俺は改めて、サーヤに話した救出プランを説明する。

　秘密裡《ひみつり》に新たな鉱脈を見つけ、そこから鉄を採掘し、それを材料に船を造る。

　その作業と並行して、俺の船を使い、居住可能な土地の選定、その後に監視役のある詰め所の襲撃と街道の封鎖を行って、逃走。

「移住後の食料確保が容易な土地を優先します。また、農業に必要な作物の種子、それが実るまでの間の食料はカルタロッサが支援します。居住先の選定の段階で、作物が育つかを錬金魔術で調べますし、少々種子に手を加えるのでご安心を。万が一凶作が起きた場合は食料支援の期間を延長します」

そして、サーヤには話していなかったことを補足する。

移住した後、問題になるのは当面の食料と、農業をやるにしても種がなければどうにもならない。

そこは俺が融通する。

カルタロッサにそこまでの食料はないため、錬金術を用いて金を稼ぎ、他の街で購入して船で運ぶ。

今まで、どこへ行くにも隣国を通らなければならなかったが、船があればそういった真似《まね》もできるのだ。

「……その代償に、娘を差し出し、定期的に鉄を採掘し、届ける義務を負うというわけか」

「その通りです。注釈をするのなら、サーヤはあくまで我が国で働いてもらうだけです。他の民と変わらない待遇で非人道的な扱いはしません。鉄の採掘も、それに見合う報酬を出します」

「一つ問おう、今と何が違うのだ？　結局、飼い主がウラヌイの連中から、君に変わっただけだろう。それで我々は自由なのか？　多少首輪が緩《ゆる》くなっただけではないか？」

「そういう側面があることを否定《ひてい》しません。これだけの手助けをするのは、あなた方への投資であり、リターンを求めているからです。こちらに具体的な支援内容と我が国が求める条件をすべて記しています。俺は契約に誠実だ。選んでください、今のままがいいのか。それとも、今よりマシな自由を手に入れるのか」

ごまかしは言わない。

なにせ、彼の言うことは正しい。

俺は彼に娘を差し出せと言っているし、クロハガネの民にカルタロッサ王国のため鉄を掘れとも言っている。

その事実は変えられない。

俺にできるのは、そうするに値するだけのものを彼らに与えることだけだ。

「取り繕うことすらせんか。君は誠実なのだろうな……考える時間をもらえないだろうか？サーヤとも話をしたい」

「ええ、もちろん」

ここで即断を求めるのはあまりにも酷だ。彼はクロハガネの民、すべての命を背負っている。

それに明日は鉱脈へのトンネル掘り作業を行う。それはクロハガネを救う、救わないにかかわらずに必要なことであり、スケジュールに悪影響は出ない。

「お父様、何を迷っているんですか。こんなチャンス二度とないんですよ。もし、ここでヒーロさんの手を取らなかったら、もう私たちが奴隷から抜け出せる機会なんてないです。今は、一分、一秒が惜しいんです。悩んでる時間なんてないです」

「サーヤ、だからこそだ。だからこそ、十分に検討《けんとう》する。そう時間はとらせない」

サーヤが俺の顔をちらっと見ている。

いつも通りの張り付けた笑顔だが、その端から不安が漏れている。

……彼女が気にしているのは俺の機嫌だ。

この条件は、クロハガネに都合が良すぎると思っているのだろう。

事実、俺にできることを全力でやろうとしている。客観的に見れば、やりすぎの部類だ。

これだけの条件を出すのはサーヤをそれだけ高く買っているから。有能な助手というのには、そうするだけの価値がある。

しかし、そこの部分がサーヤには見えていない。

だから、こう思っている。『この人の気が変わる前に、全部決めてしまいたい。機嫌を損ねて、もっとひどい条件を出してきたらどうしよう？』

その気持ちはわからなくもない。

しかし、その不安をこの場で拭《ぬぐ》い去ることはできない。

だから、今は話を進めよう。

「では、アレク様。返事は明後日の朝までにいただけないでしょうか？　二週間以内に計画を終わらせたい。そういう意図がサーヤにあるようなので」

「サーヤが二週間と？　なるほど、そういうことか。おまえはどうして……了承した。必ず、それまで答えを出そう」

「お父様、答えは今でも」

早く決めろと言うサーヤを長……アレクは諫《いさ》めた。

結局、当初の予定だったサーヤが急ぐ理由を聞けなかったが、それは、彼が答えを出してからでもいいだろう。

サーヤが俺を見ている。不安を込めた目で。

大丈夫、気にしてない。

その気持ちをどう伝えたものか？

そんなことを俺は考えていた。

第十話●転生王子と決意

あれから、少々クロハガネの長《おさ》を交えて話をして借り受けている部屋に移動する。

ヒバナはとある調査を依頼しているため留守だ。

俺《おれ》も協力したいところだが、足を引っ張る可能性がある。また、ヒバナの感性でないと難しい仕事でもあった。

「……サーヤは焦《あせ》りすぎだ。クロハガネの状況を考えれば、焦るのはおかしくないが、それだけじゃないだろうな」

そちらも調査しよう。

与えられる情報が足りなければ、こちらで調べるしかない。

見えないものを見えないままで進めれば足がすくわれる。

「とはいえ、これからの計画を煮詰めていかないとな」

パズルのパーツは足りないが、揃《そろ》うのを待っている時間はもったいないし、そんな余裕もない。

これから集まってくるであろう情報、その結果ごとのパターンを考える。

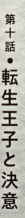

そうしているとあっという間に時間が過ぎていった。

そろそろ寝ようと、ベッドに横たわり、サイドテーブルの魔力灯の火を消そうとしたときだった。

来客が現れる。

サーヤだ。

とても薄く、光の加減では透けてしまいそうな素材を使ったワンピースを着ている。

女性らしく魅力的な肢体のラインがくっきり出ていた。

甘い匂《にお》いでくらくらする。

……否応なしに、本能の部分が反応する。サーヤを押し倒したい。そんな欲望が込み上げてくる。


「ヒーロさん、お父様がおかしなことを言ってごめんなさい。でも、安心してくださいね。必ず私が説得しますから！　……お父様はわかってないんです。これからどんどん鉄の採掘が難しくなる。なのに、ノルマは増えるばかり。今でさえ死人が出てるのに。今のままじゃ、みんな死んじゃう」

死人が出るほど危険な作業。けが人も出ている。死人やけが人で人手が減れば、今まで以上の無茶を強要され、さらに離脱者が出て、より無茶を……という悪循環。

クロハガネはそう遠くないうちに限界がくる。

「ヒーロさんに賭けるしかないんです。そうするしか、私達が生き残る道はありません……だから、助けてください」

サーヤがベッドで身体《からだ》を起こした俺の上に乗り、しなだれかかってくる。

サーヤの胸が俺の胸にあたって潰《つぶ》れる。柔らかくて、暖かくて、甘い。

「クロハガネを助けてくれるなら、あなたに尽くします。全部、全部、あげます。ドワーフの力も、私の心も、私の身体も」

サーヤの手が俺の手を自分の胸に導く。手のひらが沈む。

うるさいぐらいに鼓動が高鳴り、身体が熱い、息が荒くなり、喉《のど》がからからだ。

サーヤしか見えない、サーヤの匂いしか感じない。

気がつけば、サーヤと身体の位置を入れ替え、組み敷いていた。

「さあ、どうぞ。食べてください。美味《おい》しいですよ」

笑顔だ。

とても綺麗《きれい》で、とても完璧《かんぺき》で、とても慈愛に満ちた……そして、どうしようもなく作り物めいた笑顔。

あの人と同じ。

それを見た瞬間、一気に熱が引いていき、口を抑えて嘔吐《おうと》した。

もはや、性欲なんてものは完全に吹き飛んだ。

「ひっ、ヒーロさん」

「気にしないでくれ。それから、そんな格好で男の部屋に来るな」

俺は用意されていたタオルケットをサーヤの肩にかける。

「あの、その、私じゃ、だめでしたか、やっぱり、普通の人からしたら気持ち悪いですよね、この耳と、尻尾《しっぽ》」

「いや、それはない。むしろ、サーヤには本当によく似合う。可愛《かわい》いよ。心の底からそう思う。……だから、理性が吹き飛ぶ寸前だった」

紛《まぎ》れもない本心だ。俺はサーヤのキツネ耳とキツネ尻尾が気に入っている。こんな可愛い女の子他にいない。

「なら、どうして……もしかして、私が汚れていると思ってます？　安心してください。私、ウラヌイで人質やってたとき、見世物にされましたが、汚されてないです。あの人達、私のこと禁忌の錬金術師の遺産だって言って、そういうことはしなかったんです」

「違うんだ。そんなことを言っているわけじゃない。……サーヤのその作り笑顔がどうしようもなく似ているんだ」

「誰《だれ》にですか？」

「俺の姉さんに」

そう、今だけじゃない。

何度か、姉さんの笑顔とサーヤの笑顔が重なった。

「俺の国は今でこそ持ち直したけど、ちょっと前までは毎年餓死者を出すような国だった。そんな中、大国の王子に姉さんが見初《みそ》められた。……悪評が絶えない人で女癖が悪く何人も妾《めかけ》がいて、そこに嫁げば人間らしい扱いは受けない。それでも姉さんは嫁いだ。国への援助を条件に。姉さんは一度たりとも泣き顔を見せず、ずっとずっと笑顔だった」

そう、俺は姉さんが泣いているところを見たことがない。

いつも笑顔で、大丈夫っていうのが口癖で、あいつに嫁ぐときも変わらなかった。

「サーヤ、おまえと同じだ。そんな作り物の笑顔を貼《は》り付けて、自分の身体すら必要なら差し出す。正直に言おうか、俺はおまえを犯す寸前だったよ。でもな、押し倒して、姉さんと同じ作り笑顔を見た瞬間、俺が姉さんを奪ったあの男と同じになるって気づいて、自分自身に吐き気がした」

いったい、あの男と俺の何が違う。

民を人質にして、援助をちらつかせて、身を捧《ささ》げさせる。

あと一歩で、あいつと同じになるところだった。

「いいんです。だって、私が望んでいることです」

「ああ、だろうな。姉さんと同じでサーヤはクロハガネのためなら、そうするだろう。今みたいにな。だが、俺はそれをしない。したくない。それをしたら、俺が自分を許せなくなる。だから、出ていってくれないか」

サーヤの顔が凍りつく。

しまった、自分への苛立《いらだ》ちが漏《も》れ出た。サーヤはそれを自分に向けられたものだと勘違いしたようだ。

「その、ごめんなさいっ、そんなこと知らなくて、私、ぜんぜん、そんなつもりじゃ。なんでもします。だから、許してください」

父親が決断を保留したとき以上に、俺が契約を撤回するのを恐れている。

深呼吸して、なんとか笑顔を作る。

「許すも何も怒っていないさ。俺が出した条件も、俺がすることも何一つ変わらない。安心して部屋に戻るといい」

「でも」

「そうしてくれ」

強く言い切ると、サーヤはもう一度謝ってから、部屋を出て行く。

「その、今日のことは忘れてください。また、明日からがんばりましょう」

最後は、あの作り笑顔のままで。

俺はベッドに寝転がる。

「……俺の機嫌取りのために、色仕掛けか。怖かっただろうな」

冷静さを取り戻した今ならわかる。

サーヤの手はずっと震えていた。

好きでもない相手を誘惑するなんて怖くないはずがない。それでも笑っていた。

「たとえ、サーヤを押し倒さなくても。俺はあいつと同じかもしれない」

女を抱く、抱かないの違いで弱みにつけ込んでいるのは一緒だ。

わかっていた。

だが、今更差し伸べた手を引き上げるほうが残酷だ。それに鉄を手に入れるのはカルタロッサ王国のためになんとしても成し遂げないといけない。

やることは変えられない。

ノックの音が聞こえる。

ヒバナが帰ってきたか？

扉を開けると、そこにいたのはサーヤの父、アレクだった。

「こんな夜分遅くにどうかされましたか？」

「私の意思を伝えに来た。……カルタロッサ王国のヒーロ王。クロハガネはそちらの提案を飲む」

「もう少し、考えるなり、他のものに相談や承認をとるなりして時間がかかると思っていました」

「そのつもりだったが、君とサーヤの話を聞いて気が変わった。他のものは私が責任をもって宥《なだ》める」

「この部屋は盗聴されていたようですね」

それなりに警戒していたが、そんな装置には気づけなかった。

さすがドワーフといったところか。

「そういうことは得意なのだよ。これを知っているのは私だけで、サーヤは知らない。あの子を責めないでやってくれ」

「なら、なおさらなぜ？　サーヤを傷物にしかけた男ですよ」

「……あの状況で手を出さず、娘を気遣ってくれた男だ。信用に値する。君になら娘を預けてもいい。ただし、条件を一つ追加させてほしい」

ここに来ての条件追加か。

支援関連での要望だろう。

「聞いてから判断します」

「ああ、簡単なことだ。あの子を、サーヤを、泣かせてほしい」

幸せにしろではなく、泣かせてほしい。

意味がわからない。

いや、俺にならわかる。わかってしまう。

「あの子は、ウラヌイの連中に母親が殺されてから一度も泣かなくなった。常に笑顔で、誰よりも率先して働き、笑顔で皆を励まし続ける。どれだけ理不尽な目に遭《あ》おうと、どれだけ辛《つら》いことがあろうとな。あの笑顔に民がどれだけ救われたか……だからこそ、私はあの笑顔が痛々しくて仕方がない」

「……そうですね。ああいう笑顔が一番痛い。強がって、無理をして、気持ちを全部押し殺して、みんなのために笑う。ああいう笑顔は見たくない」

「まさか、通じるとはな。だから、親としての願いは一つだ。君のもとでは、そんな笑顔をさせないでくれ」

「その条件を呑《の》みましょう」

まずはクロハガネを救う。

そして、サーヤに信頼してもらう。

俺に媚《こ》びなくていいと、もう自由に泣いても怒ってもいいとサーヤが思えるように。

きっと、そうするための答えは一つ。

サーヤと友達になる。

クロハガネを救ったあとは、カルタロッサ王国で共に過ごすんだ。

サーヤとは心を開いて、笑いあって、ときには怒ったり、泣いたり、そんな関係でいたい。

第十一話・転生王子は穴を掘る

いつものように夜明けと共に抜け出し、さまざまな調査をしてから作業に入る。

今日の作業はトンネル掘りだ。

想像以上にサーヤのサポートが優秀で、昨日は予定よりだいぶ掘り進めていた。これなら今日中に開通ができそうだ。……たとえサーヤが来なくとも。

「サーヤを待たなくてよかったのかしら？　二人のほうが速いでしょう」

「二人のほうが速いが、もしかしたら今日は来てくれないかもしれない。俺《おれ》たちだけでできる限りがんばろう」

あんなことがあったんだ。

顔を出せなくても無理はない。

「昨日、私が働いている間になにかあったようね」

「話を聞いたのか？」

「いいえ、ヒーロは顔に出やすいもの」

ヒバナが微笑している。

「ご名答だ。サーヤと少しあってね」

「まさか、強引《ごういん》にものにしようとして振られたとかかしら」

「そういうことをする奴《やつ》に見えているのはショックだ」

「冗談よ。本気で疑っているならこんなこと言えないわ。……あるとしたらむしろ逆ね」

するどいな。

彼女の言う通り、サーヤから誘ってきた。

……一歩間違えれば、彼女の誘惑に負けていたな。

もっと精進《しょうじん》しなければ。

幸い、なんとか自制心が働いた。それによりサーヤの父の信頼を得ることができ、俺たちの計画を了承してもらえた。

そして、そのときにサーヤが急いでいた理由も聞けた。

本当にあの子は自分のことを考えなさすぎだ。

改めて、クロハガネを救いたいと思う。

この集落自体には、さほど愛着はない。

かといって、自国のメリットだけを考えているわけでもない。俺はサーヤを自由にしてやりたい。

「遅くなってごめんなさい！　今日も手伝います！」

サーヤがやってきた。

いつも通りの笑顔だ。昨日、何もなかったかのように。

いや、違う。

わずかだが声に震えがある。

俺のことが怖いのか、あるいは俺の機嫌をさらに損ねるのが怖いのか。

それでも、彼女はクロハガネを救うためにいつも通りを意識している。

「ああ、手伝ってくれ。サーヤがいるのといないのじゃぜんぜん違うからな」

「はい、がんがん掘りますよ！」

そう言うなり、土魔術で眼《め》の前の壁を掘り始める。

いつも通りを演じる彼女を見て、昨日のことには触れないことにした。それがお互いのためになると信じて。

◇

日が暮れてもない早い時間にトンネルが開通した。

一人なら、絶対にここまで早く開通なんて無理だった。

鉱脈がある場所は広々とした空間になっており、そこかしこの壁に鉄鉱石が埋まっている。

そして、とんでもない想定外が一つあった。

「まさか、こんなものがあるなんてな。……最高だ。ついてる」

「あの、これなんですか。とんでもない大きさの天井《てんじょう》からぶら下がってるいろんな色の鉱石」

「私も見たことがないわね。すごく綺麗《きれい》なマーブル模様ね」

「スカルン鉱床っていうんだ。マグマで煮立った水が石灰石の隙間《すきま》から流れ込んでできる。そういう水にはいろんな成分が溶け込んでいてな。周囲の石とくっついたりしながら固まることで、こういういろんな鉱石が混じった不思議な状態になる」

検分し、どんな金属が手に入るかを調べる。

「ざっと見ただけでも鉄、銅、亜鉛、鉛が手に入る」

「鉄と銅はわかるけど、他はわからないわね」

「なかなか便利な金属だ」

鉄は重要だが、銅や亜鉛も非常にありがたい。

銅は電気を使う場合、必須となる。

亜鉛はさまざまな有用な合金になる他、トタンや電池の材料にもなる。

鉛は鉄よりもずっと加工しやすく用途が多い。

……鉄のおまけがこれだけ手に入るのはありがたい。

もっと調べれば、他の鉱石も見つかるだろう。

「とにかく、片っ端から鉄鉱石を集めてくれ。まずはレールを作る」

レールとトロッコを作るのは一見、遠回りに見えるかもしれないが、二百人が乗る船に使用する金属量は膨大だ。

結果的にこういう手間をかけたほうがいい。

それに、船を造り終わったあともここは使う。

「ええ、体力でなんとかなるものなら協力できるわ」

「私もがんばります！」

全員で鉄鉱石を集める。

必要量はさほど多くない。

今日中に集まるだろう。

◇

数時間後、山のように鉄鉱石が積まれていた。

「だいぶ集めましたね」

「結構疲れたわ」

「これだけあれば、ぎりぎりいけるな。さっそく鉄にしよう」

「あの、こんなところで鉄鉱石を鉄にするのは危険じゃないですか」

　そういえば、ドワーフたちの製鉄は炎の魔術でどろどろに溶かして、その状態で鉄に働きかけ、鉄だけを動かし固めることで純度の高い鉄にすると言っていた。

　その方法であれば、こういう密閉空間での製鉄は危険だろう。

「言っただろう。錬金術師の力はドワーフのものとは根本的に違う。その本質は分解と再構成だ」

　実演する。

　鉄鉱石を摑《つか》む。

　鉄鉱石は鉄を主成分にさまざまな成分が含まれた状態、例えば酸素や水素、炭素などが含まれている。

　製鉄とは、さまざまな方法で鉄鉱石から鉄だけを取り出す手法をいう。

　鉄鉱石を鉄にする一般的な方法は、鉄鉱石とコークスを高炉で焼き、コークスの燃焼により発生したCOガスが鉄鉱石の不純物を還元して取り除くこと。

　ドワーフのやり方も力技ではあるが製鉄の延長線にある。

　だが、錬金術師は違う。

　分解の魔術を使用し、一発で鉄鉱石の構成要素をすべて分解する。鉄鉱石という塊から、それぞれの材料へとバラける。

「うわぁ、めちゃくちゃ楽そうです」

「だろうな。最短経路を走っている。あとはレールの形に変えないといけない。ついでだ。俺の作り方を見ていてくれ。サーヤたちの変形と、俺の再構成は似て非なるものだ」

変形というのはその名の通り、形を変えること。

しかし、再構成の場合、細かく分解し並び替えて形を作る。

外見は同じでも、中身はまったく違う。

そうして出来上がったのは約一メートルのレールで、ジョイントが付いている。

一発で長大なものを作るのではなく、こうしてジョイント付きのものをつなぐほうが効率的だし、故障時には故障箇所を入れ替えるだけで楽だ。

「錬金魔術、面白《おもしろ》いですし効率的ですね。……これ、私も使ってみたいです」

「それは無理だよ。適性がいるんだ」

俺も錬金魔術を学んでから知ったのだが、錬金魔術は極《きわ》めて特殊な才能がいる。

あの錬金術師の隠れ家の扉はその才能がない人間には開けられないように作られていた。

また、ドワーフは錬金術師の助手にするために作られた種族のため絶対に錬金魔術は使えない。

普通に考えれば、錬金術師の才能があれば便利であり使えるようにしたほうがいいのだろうが、過去の錬金術師たちはそうは思わなかったらしい。

人間よりも優秀に生み出したドワーフたちが、自分たちに成り代わることを恐れた。だから、錬金魔術そのものではなく、サポートとして使える能力を持たせた。

逆にいえば、絶対に錬金魔術を使えないようにして生み出している。

「残念です。それと提案があります。分担作業をしましょう。たぶん、鉄を作るのは錬金魔術のほうがずっと速いし安全です。でも、レールを作るほうは私もだいぶ力になれます。炎じゃなくて熱で柔らかくして変形なら、ここでも安全ですし。ヒーロさんが鉄作りに専念。レール作りは私がやったほうが早いです」

「ああ、頼む」

サーヤの腕は信じているし、そちらのほうが早い。それだけでなく魔力量に不安がある。任せられるところは任そう。

「私はできたレールを敷いていけばいいのね。でも、ちょっと不安ね。ぴったりと地面にくっつくかしら。でこぼこしてたり、歪《ゆが》んでいたりしたら、レールが浮いちゃわない？」

「安心してくれ。誰《だれ》が舗装しながら進んできたと思っている。完全な平面がドックまで続いている」

「試してみるわ」

さっそく、ヒバナがトンネルのほうにレール第一号を置く。

するとピタッと隙間《すきま》なく地面に張り付いた。

「さすがはヒーロね。あと、一つ思ったのだけど、その分解って人に使えばとんでもない武器になるんじゃないかしら?」

「ああ、よくわかったな。人間を分解すれば即死だ。いくら魔力で身体を強化していようとな。欠点は、触れないと使えないことか。超一流相手になると、素手で触れるなんてできないし、俺より弱い奴だと剣で普通に勝てるから、いまいち使い所がない」

「そうね。武器を持っている相手を素手で触れるのは相当の実力差がないと無理よ」

「そういうわけで、ヒバナのほうが俺より強いのは変わらない」

「……別にそんなことは気にしてないわ」

嘘《うそ》だな。

顔を赤くしてそっぽを向いている。護衛としてのプライドがヒバナにはある。

「ヒーロさん、ヒバナさん、無駄口はだめですよ。どんどんレールを作っちゃいましょう!」

「そうだな」

「私はレール敷き専門ね」

こうして、トロッコ開通に向けて動き出した。

その日は結局最後まで、サーヤは昨日のことに触れなかった。

でも、うっかり鉄鉱石を踏んでころんだ彼女を支えたとき、びくっとした。

反射的な怯《おび》え。

……やはりフォローが必要だ。

今日は昨日とは逆に、俺からサーヤの部屋を訪ねてみよう。それからいろんな誤解をといて、本当の意味で仲良くなりたい。

第十二話・転生王子の失敗

レール作りを途中で取りやめる。

……途中でとんでもないミスに気づいたからだ。

「本当にすまなかった」

「ええ、私も気づくべきだったわね」

「ですよね。ヒーロさんの力を考えたら、レールなんて要らないです」

トロッコを安定運用するためにレールを作るつもりだった。

しかし、冷静に考えればそんな面倒なことをする必要がなかったのだ。

俺《おれ》たちが作ったトンネルは、土や石を最小単位まで分解したものを隙間《すきま》なく敷き詰めることで凄《すさ》まじい強度かつ、どこまでも滑らかな舗装がされている。

「舗装を思い通りにできるなら、いちいちレールなんて引かなくても、レールの形に溝を掘ったほうがずっと早いし、鉄が無駄にならない。なんで、こんなことに気付かなかったんだろう。自分で自分が恥ずかしい」

そうなのだ。

地面に車輪に合う溝を掘れば、鉄製のレールよりも数倍早い。

それどころか、別にレールを用意しなくても性能がいいホイールがあればとも思ったが、積み荷が重いので、安定性を増すためにはやはりこういったものが必要だ。

もちろん、鉄のレールと溝を比べた場合のデメリットもある。

溝が変形した場合だ。鉄のレールを上に敷いておけば、壊れた部分のレールを交換するだけで対応できるため、誰《だれ》でも故障対応ができる。

しかし、分解・再構成で作った溝の修理は俺しかできない。

そんな説明をする。

「あっ、それなら大丈夫ですよ。溝が使えなくなるのって二つのケースしかないです。何かがつまるかえぐれるか。前者なら、つまったものを取り除けばいいですし、後者の場合はドワーフの私達なら鉄を溶かして余計な部分を埋められます」

「たしかに、それで対応できるか。というわけでレール作りは中止だ。ドックに歩いていきながら、溝を掘っていく。本当にすまなかった」

俺の弱点が出た結果だ。

俺は【回答者】というスキルを所持している。

物質に対し質問し、込めた魔力に応じて正しい情報を引き出せる。

これを使えば、おおよそ正しい選択を選べるのだが、いくつか弱点がある。

一つ、質問が物質に対するものに限られる。例えば、金《きん》を多く得られる方法と聞けば正しい回答を得られるが、億万長者になる方法だと答えが得られない。国を救う方法や力を得る方法なんて聞き方をしても無駄だ。

二つ、あくまで質問に答えるだけであり、俺が意味ある質問に気づけなければ宝の持ち腐れだ。……もしかしたら、それを聞けばすべての問題が一発で解決する質問があるかもしれないが、それに俺が気づけなければ意味がない。

三つ、一度使えば三十日使用不可であること。

今回だって、効率的にドックと鉱脈を結ぶトロッコの作り方を質問すれば、レールじゃなくて溝を使う方法を回答してくれただろう。

しかし、今は三十日もこの能力を使えなくなるのは痛く、使用をためらった。

「ああ、でも、全然無駄じゃないですよ。どうせ、鉄はたくさん使います！　鉄鉱石を集めるのも、鉄にしておくのも必要でした。私がレールに変形したのだって似たような形に変形が必要な部分もありますよ」

「そう言ってもらえると助かるな。とにかく行こう」

……せめてもの救いは、今日気づけたことだ。

次から気をつけよう。

そして、レール作りを切り上げドックに向かって俺たちは歩き始めた。

無論、溝を掘りながらだ。

三分の一ほど進んだところで魔力切れ。今日は穴掘りと鉄の分解で魔力を使いすぎたせいだ。

しかし、これなら明日の午前中にはトロッコは開通できるだろう。

「今日はここまでだな」

「ねえ、ヒーロ。前から気になっていたんだけど、明らかにあなたの魔力量が跳ね上がってない？　カルタロッサで一緒にトンネル掘りをしていたときと比べ物にならないわ」

「ああ、上がってる」

「……嘘《うそ》でしょ。だって、魔力量って生まれたときから決まっているはずよ」

「そうだな。だが、例外はある」

俺は【回答者】に質問した。俺の身体《からだ》という物質の魔力量を上げるにはどうすればいいかと。

力を得るには？　と聞いても無駄だが俺の身体という物質に対し、魔力を上げるには？　という具体的な聞き方なら意味がある答えが返ってくる。

「その例外、教えてほしいのだけど」

「やめたほうがいい。これも適性がある。……俺以外に使うと命を落とすかもしれない」

「かもしれない、なのね」

「ああ、かもしれないだ」

「……魔力量が上がるなら、命を賭ける価値があるかもしれないわ」

ヒバナの目がやばい。

もう少し余裕ができて、【回答者】を使用する機会があれば、ヒバナに使っても大丈夫かを聞いてみよう。

◇

あれから森で食料を調達し、腹を膨らませてからサーヤの部屋にやってきていた。

サーヤは船の設計図を作っている。

驚いたことに、俺の船を実際に見ただけで、それを参考にして二百人乗りの拡大版を設計できていた。

「あの、どうですか?」

「十三箇所ほど指摘点がある」

「うっ、めちゃくちゃ多いですね」

サーヤの顔がひきつった。

「いや、この規模の船で、たった十三箇所しか指摘する場所がないのは驚き以外の何者でもない。魔力灯を作れるから、魔道具に関する知識はあるんだろうが。俺にいくつか質問をしただけで、魔力炉とスクリューまで正しく作れるとは……サーヤは天才だ」

俺はサーヤの設計図に次々、修正点を書き込んでいく。

基本的にはケアレスミスばかりだ。

サーヤは、俺の書き込みを見てすぐに別の紙で、俺の指摘点を検証して目を見開く。

「……ううう、こんなミスをするなんて。でも、ここ、この設計だと、かなりシビアになりませんか？　求められる精度が高すぎて、ちょっとでも加工にブレが出るとめちゃくちゃになります」

「言っただろう。大まかにパーツを作ってもらって、それを俺が組み上げながら微調整すると。だから、精度に狂いは出さない」

錬金術師の得意分野だ。

この設計図どおりに修正してみせる。

「なら、このあたりも限界を攻められそうですね」

「そうくるか、なら、ここのスクリューも手を加えてみよう」

「……ああ、部分ごとに素材を変えてあえて力が加われば変形するようにするんですね。そうすることで水の抵抗に応じて適した形になる。面白《おもしろ》いです。とても緻密《ちみつ》ですが、精度が確保できるならそっちのほうが」

サーヤと設計談義で盛り上がる。

めちゃくちゃ楽しい。

こういう話ができるものと出会ったのはサーヤが初めてだ。

設計がどんどん改良されて、良くなっていく。

そうこうしているうちに、夜がふけ、さらに朝陽が昇る時間になった。

その時間になり、ようやく船の設計図が完成した。

「できました‼」

「ああ、俺から見ても問題ないな」

「はいっ、いい船です。これなら魔物だって怖くないですよ」

サーヤと二人で作った設計図は満足がいく出来だ。

「ただな、今更だが魔力炉式にして大丈夫だったのか？　この大きさだ。かなりの魔力がいる」

俺が一人で動かす場合、半日ほどでバテてしまいそうだ。

「大丈夫ですよ。五人一組三チームを二時間交代制にします。五人でならそんなに苦労しません」

「そうか、ドワーフはみんな魔力持ちだったな」

「じゃないと、こんな設計にしませんよ」

言えないな。そんなことを考えずに面白がって設計していたなんて。

「あとはこいつをパーツ単位にばらした図面にしないと。そこまでやれば、いよいよ、この作業をみんなにあずけて居住先を探しにいける」

「そうですね。そっちも頑張らないと。あの、そういえばウラヌイの人たちの調査は」

「そっちはヒバナがやってくれている。あいつは諜報《ちょうほう》も一流だ。一人のほうが動きやすいから、夜はいろいろと探ってもらっているんだ」

昨日、今日と夜にヒバナが不在だったのはそのためだ。

クロハガネ内の詰め所はもちろん、実際にウラヌイまでの道を歩いてもらい、砦《とりで》の様子まで見てもらっている。

施設だけでなく、人員の数や質もだ。

……ヒバナの話では一対一で自分を超えるものはおそらくいない。しかし、それなりに危険な騎士は多く、多対一になると負ける。増援を呼ばれた場合、足止めすらできない。

「そこまで動いてくれていたんですね。その、ありがとうございます。できる限り、私の働きで返します。ドワーフの力で、満足させます」

言葉にはしないが、身体で払えない分までという意思が透けて見える。

「ずっと言いたかったんだけどな。もう少し俺を信用してもらえないか。そんなふうに自分の価値を示し続けなくても、もう俺はサーヤの力を評価している。今更、あの契約を破棄するつもりはないし、あそこに書いている以上のことをしてもらう必要はない。……これから、一緒に過ごすんだから友達でいてくれると嬉《うれ》しいが。それを強制する気もない。もっと自由にしていいんだ」

「自由ですか」

「ああ、サーヤのやりたいようにしてくれ。そうだな、設計図に夢中になっているときみたいに」

俺がそう言うとサーヤが赤くなった。

「あの、その、ごめんなさい。ヒーロさんに失礼な態度とっちゃって」

「失礼なんかじゃない。バレていたんですね。作り笑顔よりずっといい」

「……作り笑顔、バレていたんですね。あははは、だめですね。見破られる作り笑顔なんて最悪じゃないですか」

「別にサーヤの演技が下手なわけじゃない。身内に一人、そういうのが得意なのがいて見慣れてるんだ。どうするのかはサーヤの自由だ。だけど、俺はさっきの設計図に夢中だった素のサーヤのほうが好きだ」

「あの、もしかして口説《くど》いてます？」

「いや、そういうのじゃない」

そう取られてもおかしくないことを言っていたな。

姉さんと重ねているせいで、俺も冷静じゃなくなっていたようだ。

「あはっ、変な人ですね」

サーヤが笑う。

それは少なくとも作り笑いじゃないように見えた。

「ありがとうございます。でも、やっぱり私は笑ってないといけないです。……私が笑っていれば、みんなが喜んでくれるから。それぐらいしかできないんです」

「そうか、ならそうしろ」

みんなというのは民のことだろう。

サーヤの笑顔は取引先に媚《こび》を売るために、それから民を元気づけるためにある。

それを俺が痛々しいと思っているからとやめろとは言えない。

無理やりやめさせるのであれば、それは無理やり笑っている今と変わらない。

きっとサーヤが作り笑顔をしなくなるのは、笑う必要がなくなったとき……集落が救われたときだけなんだ。

「サーヤ、明日は昼から来てくれ。午前中はパーツにバラす設計図を仕上げてくれないか。……午後からは人手を集めてほしい。いよいよ、鉄集めとパーツ集めは任せて、俺達は居住区探しに出発だ」

「そうしますね。だとしたら、私はしばらく病床に伏せて寝込んでることにしないと」

サーヤが数日不在になれば、怪しまれる。

そういう言い訳は必要だ。

「ふむ、じゃあサーヤの身代わり人形でもおいておこうか。布団《ふとん》をかけていれば、万が一見られても問題ない。溝掘りとトロッコ作りが終わったら、作業に取り掛かろう」

「そんな簡単に作れるものなんですか⁉」

「ああ、実物が目の前にあるなら簡単だ。イメージの手間がほとんどない」

「……錬金術師って化物《ばけもの》なんですね」

サーヤがちょっと引いている。

質感や温度の再現までならともかく見た目を似せるだけなら、さほど難しくない。

一時間もあれば作ってしまえる。

さてと……。

俺はポーチから瓶《びん》を取り出し、腰に手を当てて一気飲みした。

「それ、なんですか？」

「疲れが吹き飛ぶ薬だ。頭がスッキリして疲労感を感じなくなるし、体力と魔力の自然回復量があがる。まる一日ぐらいなら寝なくても絶好調だ」

サーヤがちらちらと見ている。

欲しいのだが、おねだりしていいものか判断がつきかねているようだ。

そんなサーヤに手渡すと、俺の真似《まね》をして腰に手を当てて飲み干した。

「ぷはっ、なんですかこれ、すごい。頭が冴《さ》え渡《わた》って力が湧《わ》いてきます‼　こんなのがあれば

無敵じゃないですか。もう、寝なくてもいいです。あの良ければもう二、三本もらえないですか。ここからが山場ですし」

サーヤの言う通り、絶大な力がある。錬金術師の秘薬の中でもとっておき。

「それはおすすめしないな。一本ならいいんだが、それなりにきつい薬で副作用があるし依存性が強い。しかも耐性が付きやすい。二日連続で飲めば副作用の神経系の混乱と頭痛と幻覚の前兆が出てくるし、早いと依存症も発症するかな、薬が飲みたくて飲みたくて仕方なくなって他のことが手につかない。しかも、効果は半減だ。当然、もう一本と手が伸びてな、そしたら最後、今言ったのがさらに悪化する」

「なんてもの飲ませるんですか！　飲んだらだめなやつじゃないですか！」

「一本目だけなら問題ない。一週間あければまた使える。どんな薬も用法と用量が大事だな」

ちなみに俺は一度これで地獄を見た。

とある研究の山場で、後少しで完成というとき二日続けて使った。もう少しで袋小路から抜け出せる確信があり、今眠れば、二度と先へ進めないという限界状態だった。

……あのときのことは思い出したくない。

「……なるほどそういうわけですか。でも、お陰様で眠気が消えて、頭がすっきりです。これなら、ばっちりパーツごとの設計図も描けますよ」

キツネ尻尾《しっぽ》がピンと伸びてやる気をアピールする。

さて、ここは大丈夫だ。

俺は行こう。

「あの、お父様からあのことを聞きました？」

部屋を出ようとすると、サーヤが声をかけてきた。

「ああ、聞いたよ」

それはサーヤが船での脱出を急ぐ理由。

「そうですか。その私は」

「その先は言わなくていい。安心してくれ。約束しよう、俺が必ずサーヤごと、この集落を救うから」

それだけ言い残して、俺は部屋を出た。

俺は嘘をつかない。

できないことは言わない。

今の言葉を嘘にする気はない。そのためにやるべきことを一つずつこなしていくのだ。

第十三話・転生王子と男の誓い

溝を掘り終わり、ようやく鉱脈とドックを結ぶ線路が完成した。

線路のあとはトロッコ作りなのだが、こっちは極《きわ》めて楽だ。

線路に沿って走るだけなので、方向転換する必要がない。だからこそ、シンプルな設計にできる。

シンプルなのはいい。壊れにくいし直しやすい。

それに、魔力モーターがなくとも最悪手押しができるほどの軽量性。

手押しでも、荷車を引くよりもずっと楽だ。

「相変わらず、信じられないわ。たった一時間でトロッコが完成するなんて」

「もともと必要なパーツは船に積み込んできていたしな」

トロッコのようなものが必要になるとは読んでいた。

だから、予《あらかじ》め小型の魔力式のモーターを作成して持ってきている。

トロッコは先頭車両のみが魔力モーター搭載で、後続車を牽引するようにしている。

「早速乗ってみようか」

「ええ、わくわくするわ」

先頭車両に乗り込み、実験用に後続車を二つジョイントして発進する。

すぐに加速が始まる。

「ぜんぜん揺れないわね」

「溝と車輪の精度が高いおかげだ。溝にゴミが入らなければまず揺れない」

今は作ったばっかりだから問題ないが、定期的なレールの掃除は必要かもしれない。

ぐんぐんトロッコが加速していく。

「だいぶ速くなってきたわね」

「緩《ゆる》やかとはいえ下りだからな」

鉱脈が埋まっているのは地下百メートルよりも深い場所だ。そことドックを結ぶ際に、なるべく緩やかな坂を作るようにした。

数キロもあれば、これだけ深くとも、大きな角度はつかない。

とはいえ、下りには違いがないし、駆動系にロスがほとんどないため、どんどん加速していく。

「ちょっと怖い速度よ。線路があってよかったわ。そういうのがないと壁にぶつかってしまいそう」

「それも線路を作った理由だ。どうしたって鉱石を積むとハンドルが重くなる。溝でしっかり進行方向を固定したほうが安全だ。速いだけじゃなく視界も悪いしな」

カルタロッサ王国のトンネルは等間隔に魔力灯を用意したが、そんなものを用意する時間も材料もない。

だから、トロッコの先端に取り付けた魔力灯だけが頼りで薄暗い。

そんな中をこの速度でまっすぐ走るのは意外と難しい。

だから、溝が必要になる。

鉱石をがっつり載せて、スピードが出た状態で壁にぶつかるのは最悪だ。

そうこうしているうちに、鉱脈に近づく。

魔力をカットし、ブレーキレバーを押し、緩やかに減速を始める。

問題なくブレーキも作動した。

「よし、いい感じだな」

「危なげなく止まったわね」

「次は限界重量で試したいな。というわけで、楽しい採掘作業だ。鉄を限界まで詰め込めば良いテストになる」

「わかったわ。早く終わらせて戻りましょう。そろそろ、サーヤたちが来る頃だし」

二人で鉄鉱石集めを始める。

二台まで牽引できるので、いっきにかなりの量を運べるだろう。

◇

鉄鉱石を集め、その場で鉄鉱石を鉄に変えてから隙間《すきま》なく積み込み出発する。

行きが下りということは、帰りは当然のように上りになる。

なかなかきついが、限界まで荷物を積んだ状態でも問題なく走る。

一般的なドワーフたちの魔力程度に力を抑えると時速十二キロ程度まで落ちるが、十分速い。

そうして、ドックに戻ってくる。

そこには、すでに来客がいた。

「あっ、おかえりなさい。ヒーロさん、ヒバナさん」

サーヤが手を振る。

彼女の後ろにはすでにドワーフたちがいた。

今日から、彼らには船造りのために働いてもらう。

「ただいま。サーヤ、確認させてくれ。彼らはどこまで知っている？」

「全部です。昨日のうちに父が集落の主要人物に話を通して、彼がさらにという感じで情報が回ってます」

「……そんな大雑把でいいのか」

普通は、もう少し慎重にする。

こういう被支配地域の場合は身内の裏切りものを警戒しなければならない。

大抵は金か恐怖かで、寝返っているものがいるものだ。

「大丈夫です。みんな家族ですから」

その言葉や表情に一切《いっさい》の不安がなかった。

作り笑顔の得意なサーヤだけど、今の言葉は本心からだ。

ならば信じよう。彼らが俺《おれ》を信じてくれたように。

「そうか、じゃあ、そのあたりの説明はなしにしようか。みんな、聞いてくれ」

ここをドックとして使うためにいくつか必要な道具を用意していた。

壁に取り付けた黒板とチョークなんてものもその一つ。

意外と身近な材料で作れるし、共同作業ではこういうものが必須だ。

黒板を叩《たた》いて注目を集める。

俺の隣にサーヤが並んだ。

「……みんな移住計画のあらましを聞いているので、ざっくりと説明をしよう。サーヤと俺が設計した船で、クロハガネの約二百名が海を渡って移住する。君たちには船造りを行ってほしい。第一段階は材料の確保だ。これだけの材料が必要になる」

必要な材料を黒板に次々に書き出す。

「鋼材については、このトンネルの先にある鉱脈から採掘できる。そこへの移動と運搬はこのトロッコという乗り物を使う。あとで実際に操縦してもらうから気にしておいてくれ」

ドワーフらしく、知的好奇心があるのか俺が鉄を運んできたトロッコを注意深く見ていた。

「材料集めが終われば、船のパーツ作りだ。後で俺が手直しするから、大雑把でもいい、早さ優先で仕上げてほしい。材料集めとパーツ作り、この二つを任せる。疑問があるものはいるか？」

誰《だれ》も声を上げない。

サーヤに視線を送るとコクリと頷《うなず》いた。

おそらくはすでに設計図を見せているのだろう。

「みんながその作業をやっている間、俺とヒバナ、それにサーヤは小型船で移住先の下見に行く。三日ほどで戻る予定だ。どんなに遅くとも五日で戻る」

「絶対、私たちで安全な住処《すみか》を見つけます。だから、待っていてください」

ドワーフたちはざわつく。

この話は知っているはずだが、どうしたのだろう。

「俺もついていく。姫様を一人にはできない」

一人か、俺とヒバナはよそ者と思われているのだろう。

彼のことは見覚えがある。

あの門番をやっていたドワーフだ。

「私は大丈夫ですから、こっちの仕事をしてください」

「ですが」

「この計画は一分一秒を争います。少しでも人手がいるんです。あなたの力は私を守るのではなく、ここでみんなと船を作るのに使ってください。心配しないでください。ヒーロさんは信用できます。信用できないなら、こんな作戦、実行しません」

サーヤの笑みには有無を言わせない迫力があった。

それで門番をやっていた男は黙る。

「そういうわけだ。まずはトロッコの扱い方を教えつつ鉱脈へ案内する。それが終われば俺たちは出発する。それまでに質問があればしてくれ。以上だ」

それからは、特に反対意見は出なかった。

トロッコの荷台に乗れるだけ乗ってもらい、乗れないものはあとから歩いてついてくる。

魔力量が多いものには、操縦を覚えてもらうため、動力付きの一台目に乗ってもらった。

サーヤとヒバナにはドックに残ってもらい、出発の準備をしてもらう。

操縦を志願してきたのはさきほどの門番だ。

俺の言うことを素直に聞き、そつなくトロッコの操縦を行い、トロッコが発進した。

サーヤたちが見えなくなった頃、門番が口を開く。

「ヒーロっていったか」

「ああ、そうだ」

「俺はナムルっていう。姫様を頼む。これ以上、姫様を悲しませないでくれ」

「そのためにこうしているんだ。……大丈夫だ、この集落を救う。間に合わせるよ」

「あんた、そこまで聞いているのか」

門番は驚きで声を震わせた。

「ああ、本人からじゃなくて、彼女の父親からだけどね」

「……人間ども、あれだけ姫様を見世物にして、化物《ばけもの》だって辱《はずかし》めて、笑っていたくせに、妻に迎えてやるなんて言いやがって」

とある貴族がサーヤに目をつけたらしい。

サーヤの美貌《びぼう》もあるが、ウラヌイの人間が嘲笑《ちょうしょう》するはずのキツネ耳や尻尾《しっぽ》をたいそう気に入り、妻に迎えると言い出した。

それが、かなりの大物らしく、それを受け入れれば、クロハガネの待遇は今より良くなる。

その婚姻が行われる日が近づいている。

……サーヤは人間に嫁ぐことを嫌《いや》がっているわけではない。

もの好きな貴族が、色物として欲しがっているのだから、そこでの日々は辛く苦しいものになるだろう。

人権なんてものはなく、弄《もてあそ》ばれるのが目に見えている。

それでもサーヤは行く。

少しでもみんなが楽に暮らせるならと怖いのも辛《つら》いのも耐えて。

彼女は姉と同じ目をしているから、よく分かる。

なら、なぜそれを止めようとしたのか。

それは暴動を止めるためだ。

「姫様のおかげなんだ。俺たちが今まで頑張ってこれたのは。誰よりも働いて、どんなに辛いときも姫様が笑顔で励ましてくれた。だから、やってこれた。でもな、姫様が奪われるなら、もうどうでもいい。俺たちは戦う。我慢の限界だ！」

そう、あまりにもクロハガネの民にとってサーヤの存在が大きくなりすぎた。

サーヤが奪われるとなったら、集落の民たちは黙っていない。必ず暴動が起き、力及《およ》ばず、今よりももっと悲惨な状況になる。

だからこそ、サーヤは暴動が起こる前に計画を達成したかった。

……まったく、よくもいけしゃあしゃあと計画が遅れたら延期することに同意したものだ。

サーヤが俺のもとで働くことも条件なのに。計画が遅れてサーヤが連れ去られてしまったら、契約不履行になるのに。

きっと言えなかったのだろう、俺が手を引くのを恐れて。

そのことを責めはしない。彼女も必死なんだ。

それに、このことを知った俺に何度も謝ってくれた。

「改めて言っておく。この計画が成功すれば、ウラヌイの連中にサーヤが連れていかれることはないが、俺がサーヤを連れていく」

フェアじゃないので、改めて告げる。

サーヤを奪われないためなら、無謀な戦いすら行う彼に向かって。

「……ああ、知っているさ。でも、アレク様があんたになら預けられると言った。それにな。姫様を俺はずっとずっと見てきた。だからわかるんだ。姫様はあんたを信用して頼ってる。あの姫様は人を励ますばかりで、誰にも頼らなかった。でも、あんたのことはそうじゃない。だから、あんたのとこになら行ってもいい」

「信じてくれるのはありがたいが、なら、さっきついてくると言ったのはなんでだ」

「まだ、全部許したわけじゃないからな！　姫様に不埒《ふらち》なことをしないか見張るためだ！」

思わず微苦笑してしまう。

「何がおかしいんだ！」

「いや、サーヤのことが好きなんだなと思って」

そう言うと、門番は顔を赤くした。

男が顔を赤くしても気持ち悪いだけだ。

「クロハガネの民は、みんな姫様が好きなんだよ。だからな、頼む」

「わかった、任された。サーヤのこともクロハガネのこともな」

俺が集落とサーヤ、その両方を救うのは決定事項だ。

鉱脈に着いた。

トロッコの操縦も問題ない。

これで安心して、居住区探しにいける。

この最大の難関をクリアすれば、計画は万全になるだろう。

第十四話●転生王子は居住先探しを始める

船造りに協力してくれるドワーフたちへの指示及《およ》び、船出の準備が終わり、いよいよ小型船を使い移住先を探しに行く。

有名人であるサーヤがいないことをウラヌイの連中に悟られないために、二つの工夫をしている。

一つ目は風邪をこじらせたという噂《うわさ》を今晩から流す。

二つ目はたった今完成したサーヤ人形だ。

「うわっ、気持ち悪いほどそっくりですね。……触った感触まで」

サーヤ本人とサーヤ人形が並ぶとまるで双子のようだ。

「これに布団《ふとん》をかぶせておけばいい。見ただけじゃわからないさ」

「そうですね。ここまでとはびっくりです」

サーヤのお墨付きももらった人形を門番に渡す。

彼には集落に戻るときに、サーヤ人形を背負ってもらう。

ちょうど、この人形を背負うとぐったりとして力が入らない病人に見える。

シナリオ的には、サーヤが作業中に倒れたことにする。

倒れたサーヤを背負って連れ帰るところを見せることで、風邪を引いたという噂の信憑性《しんぴょう》が増す。

門番がじっとサーヤ人形を見つめている。

「この人形、ほんとうに姫様とそっくりだ。なあ、あんた。全部終わったら、この人形を……」

「駄目だ」

即答しておく。

サーヤそっくりの人形をサーヤに惚《ほ》れている男に渡すなんてとんでもない。

いったいどんな使われ方をすることやら。

この人形は俺《おれ》が責任をもって保管しよう。

◇

海に出る。

操縦者はサーヤだ。

ドワーフは錬金術師のサポートをさせるために生み出した種族、故《ゆえ》に魔力総量も瞬間放出量も大きい。

ましてやサーヤは先祖返り。

猛スピードで進んでいく。

「これ、気持ちいいですね！」

「わかるわ。私も好きよ」

サーヤの弾《はじ》ける声に、ヒバナがうんうんと頷《うなず》く。

少し腹が減ってきた。

昼食を食べる暇がなかったせいだ。

「そろそろ飯の支度《したく》をしよう。少しスピードを緩《ゆる》めてくれ」

「わかりました」

サーヤがスピードを緩めたのを確認して、ソナーを起動する。

船に備え付けられている装置で、音の反響で水の中の様子が見える。

「よし、近くに魚の群れがいるな」

なら、話は速い。

銛《もり》を射出し、電撃を流す。

するとぷかぷかと魚が浮いてきた。

でかくてうまそうな奴《やつ》をタモで掬《すく》っていく。

魔物じゃない普通の魚、見た目はブリに近く脂がよく乗っている。

「めちゃくちゃ雑な漁よね」

「だが、効率的だ」

楽できるところは楽させてもらう。

食料を手に入れたら次は水だ。海水を汲《く》み上げて【分解】し、真水を手に入れた。

水を鍋に張って火にかけ、脂で固めた固形スープを溶かす。

最後に、鱗《うろこ》を剝《は》がして、ぶつ切りにした魚を入れて沸騰するのを待つ。

深皿にたっぷりと具だくさんのスープをよそい、保存用の堅焼きパンを乗せれば遅い昼食の完成だ。

「さあ、飯にしよう」

「これがあるから、水も食料もほとんど積んでなかったんですね」

「まあな。案外、荷物は馬鹿《ばか》にならない」

船というのは積載量との戦いだ。

現地調達することで少しでも荷物を減らしたい。

「それより、熱いうちに食べてくれ」

「はい、では」

「いただくわ」

三人でスープをすする。

「あっ、美味《おい》しいです。それに、とっても温まりますね。船の上って寒いので助かります」

「ええ、脂が乗った美味しいお魚だけど、スープもいいわね。あっという間に作ったとは思えないぐらいにいい出汁《だし》が出てるし、ちょっと辛めのいい味付けだわ」

ふたりとも俺の料理を気に入ってくれたようだ。

「気に入ってくれて良かったよ。これは、戦争に備えた糧食の試食でもあったからな」

「さっき、お湯に溶かしていたあれね」

「そうだ。遠征中にまともな料理を作っている暇なんてないからな。かといってまずい飯が続くと士気が下がる。温かくて美味いスープぐらいはないとな」

なにも、武器や防具を作るだけが錬金術師の力ではない。

手軽で美味い飯。

これもまた十分な力となる。

このスープのもとは、各種調味料と出汁に動物性のゼラチンと脂を加えサイコロ状に固めることで作ってある。

実演したように、お湯で溶かすだけで上質なスープになる。

いわゆるインスタント食品だ。

「ええ、とっても助かるでしょうね。私は長期遠征の経験があるからわかるの。……毎日毎日、干し肉と乾いたパンと白湯《さゆ》、たまにワインなんて生活は一週間で嫌気がさすもの。こういう美味しいスープがあるだけで全然違う」

美味しそうに具だくさんのスープをヒバナはすすった。

「ごちそうさまです」

サーヤが最初に食べ終わり、再び船の操縦に戻る。

そして、舵に手をかけたまま会話に参加する。

「……戦争に備えてですか。やっぱり、ヒーロさんの国はそうなってしまうんですね」

ほんの僅《わず》か、戦争を忌避する感情が混じった。

彼女は本質的に争いが嫌いだ。

「決まったわけじゃない。だが、高確率でそうなるから準備をしている。だから、鉄を求めてここに来た」

「そうでしたね。……安心してください！　集落を救ってくだされば、このサーヤが働きで恩返ししますから。どんどんすごい武器を作っちゃいますよ」

サーヤが、例のごとく自分の価値をアピールする。

そういう気を使わなくてもいいと言っても、やはり口だけじゃ駄目みたいだ。

「ああ、楽しみにしている。それに、こういうのは戦争のために作ったけど、戦争にしか使えないわけじゃない。今、こうして食べているように旅の共にだって使える。サーヤたちの船にだって、こういうのがあったほうがいいだろう。あの船は二百人が乗れるだけの船だからね。

暮らせる船じゃない」

サーヤの設計した船は、少しでも早く完成させるために、また少しでも軽く小さくして速度を確保するため、二百人が暮らせる船じゃなく、二百人を運べる船にした。

その隔たりはとても大きい。

「はい、今の設計だと、ほとんど荷物を置くスペースはないですし、無駄なものは置けないですからね。こういうのは役立ちます」

あの船は二百人が寝て起きるだけで精一杯。

個人の資産は一人につき、カバン二つしか積み込まないと決めており、二百人とそれぞれのカバン以上の荷物はほとんど載らない。

なぜなら、今回の船はあくまで運ぶための船という位置づけだからだ。

もし、暮らせる船であればもっとハードルが上がる。

快適に暮らすには雑魚寝《ざこね》というわけにはいかず、それなりの部屋数と設備がいる。

今回は居住先を見つけてから、そこを目指すので長期の航行を考慮する必要はないから運ぶ船という設計ができた。

もし、サーヤが当初考えていたように、船で逃げてから住む場所を探す場合はそうはいかなかっただろう。

最低で二週間の食料・水の備蓄が必要だった。

一日につき、一人二リットルの水と一キロの食料を二百人、二週間で計算すると八・四トンもの重量と、それらを置くだけの面積を備えた倉庫が必要だ。

加えて、長期間過ごす場合はやはり快適さを無視できない。

暮らす船の場合、同じ定員でも比べ物にならないほどでかくなる。

「運ぶだけといっても、今のうちに準備をしておかないとな。小型船で三人なら半日でたどり着ける場所も、二百人が乗った大型船ならまる一日以上かかる」

「ですね。二百人いれば、二日だけでもかなりの物資が必要です」

ただ、一つ救いがあるのは、運ぶのがドワーフたちだということ。

容量を食う水を積まなくていい。

なにせ、彼らは海水を炎の魔術で蒸発させて、蒸気を集めることで水を得ることができる。

普通なら、海水を水に変える際に必要な燃料が大荷物になるため水を積んだほうがましとなるが、魔術ならたやすい。

そのおかげで、更に船の小型化ができていた。

サーヤのキツネ耳がぴくぴくと動く。

「もしかしてあの島がそうですか」

「ああ、一つ目の候補地があそこだ」

そこは、クロハガネがある大陸からおおよそ百五十キロほど離れた離島。

島の面積はざっと二十キロ平米。

大雑把にだが、縦が五キロほどで、横が四キロ。

その気になれば、一日で島をぐるっと歩ける。

つまり、一日で先住者がいるか確かめられるし、環境調査も可能。

もう一つ、あそこに住んでほしい理由がある。

……この島は金山でもあるのだ。

「緑の豊かな島ですね。それに大きな山まで」

「比較的温暖で土壌は豊かで水にも困らない。自生している植物も食用のものが多く、山に入ればヤギやシカ、イノシシなどの食べられる動物がよりどりみどり。見ての通り周りは海で海産物は採り放題。ここなら餓死はまずない」

「けっこう、詳しいですね。それなら見に来る必要がなかったんじゃ」

「百年以上前の情報だから、アップデートしないと怖い」

古い情報はイマイチ信憑性《しんぴょうせい》に欠ける。

もともと、クロハガネがあるあたりは無人のはずだったがいつの間にか人が住んでいた。

ここがそうであってもおかしくない。

ただ、クロハガネと違うのは、あちらは規模的に島というより大陸だが、こっちはもっとも近い大陸から百キロ以上もある離れ島。

この時代の造船技術で、ここまでたどり着けるものがいるとはとても思えない。

「もうすぐ日が暮れてしまう。だが、俺たちには時間がない。上陸次第、調査に入る。明日の朝には次の島に出発するぞ」

「もちろんです。休むと言われても調査する気満々でした！」

魔力持ちの身体能力なら、無理じゃない。

「移住先の候補は三つあるが、ここが最有力候補だ。だからこそ徹底的に調べて、残り二つを見るとき、ここを基準にしてほしい」

「わかりました。任せてください」

リスクを負ってでも、サーヤを連れてきたのには理由がある。

住めるかどうか、先住民がいるか？

それだけであれば俺とヒバナだけで判断できる。

だが、ドワーフ独特の感性というものがある。

それがわかるのはドワーフだけ。

そして、もう一つ。

居住先はドワーフが選ばなければならない。

俺たちが選んで押し付けた場合、移住後の土地での生活で不都合があった場合、その不満が俺たちに向けられてしまう。

もっといい場所があったんじゃないか？　どうしてこんな場所を選んだ？

言い方は悪いが、そこの責任をサーヤに負ってもらう。

あくまでドワーフが選び、自己責任という形にしなければならないのだ。

この役目ができるのは、長《おさ》であるサーヤの父か、みんなに慕われているサーヤだけ。

さすがに長を連れ出すわけにはいかないとなると、サーヤ一択になる。

彼女には、移住後のドワーフ全員の生活に責任を持つという、重荷を背負わせることになってしまうが、これしかなかった。

「では、上陸ですよ。……けっこう、複雑な地形です。慎重にしないと。やった！　無事に着きました。ささっ、急ぎましょう」

ドワーフの今後の生活を決める調査だというのに気負いがない。

彼女はこの仕事の重要性をわかっていないのか？

……いや、違うな。

重荷なんて今更だったんだ。

彼女は初めからドワーフすべての命運を背負っていた。

その小さな肩でずっと。

「行こうか」

「道中の安全は私が保証するわ。伝説のドラゴンが現れても斬《き》るから」

「はい、お二方とも頼りにしています！」

三人で、未来のクロハガネになるかもしれない島に足を踏み入れる。

願わくは、この島がドワーフにとっての理想郷になることを。

そう祈り、歩き始めた。

第十五話●転生王子は調査する

居住予定の島に着いた。

ここが一発目であり本命だ。

なにせ、食料が豊富で天候も安定している。

しかも、クロハガネほどではないが鉱物も採掘できる。

鉄などは少ないが、金と銀、水銀が採掘可能と錬金術師の資料にはあった。

これらの金属は便利であることに加え、ドワーフたちは鍛冶が好きだ。

なら、ある程度腕を振るえる環境のほうがいいだろう。

今回の探索は時間がないことから、ぐるりと外周を回って、それから対角線を歩くようにすると決める。

「注意深く見てくれ。俺《おれ》は人の痕跡がないかを中心に見て回る。ヒバナは危ない獣がいないか、サーヤは住みやすいかどうかを特に気にかけること」

「わかったわ」

「はいっ、がんばります」

まだ、ぎりぎり日は落ちてない。

明るいうちに、なるべく調査を終わらそう。

◇

全員、身体能力を魔力で強化できるということもあり、おおよそ二十キロ近い外周を短時間で歩ききった。

そして、いよいよ対角線を通るようにして、島の中を歩いていく。

「まず、ここに先住民はいないな。人の痕跡がまったく見つからない」

この狭い島で、海にある資源をまったく使わないということは考えにくい。

魚介類や塩を始め、海からはさまざまな恩恵が得られる。

だというのに、海辺には人の痕跡が一切ない。

温暖な気候ということもあり、ヤシの実なんてものまであった。

喉《のど》が渇いたので、一人一つヤシの実を失敬して、殻を割って飲みながら歩いている。

「私も同意見ね、人は住んでいないと思う……このヤシの実というのはいいわね。青臭いけど、ほのかな甘味がうれしいわ」

ヒバナが言う通り、このヤシの実は青臭い、それによくよく味わわないと感じ取れないほど糖分は少ない。

それでも、さまざまな栄養があり、探索には助かる。

ヒバナが足を止める。

「ちょっと迂回《うかい》をしましょう。たぶん、クマがいるわ。それも爪痕《つめあと》からして、二メートル超えの。筋力もそれなりにある。遭《あ》うと危ないし、無駄な殺生は避けたいもの」

「それもそうだな」

爪痕は縄張りの主張。

なら、それを避ければ主は襲ってこない。

サーヤのほうを見ると、恐ろしく真剣な顔で、何一つ見落とさないように周囲を観察していた。

民の命がかかっているのだからそうなるだろう。

邪魔しちゃ悪いので、声はかけないでおく。

そうこうしているうちに、水音が聞こえてきた。

そちらに向かって歩く。

「けっこう大きな川ね」

島の中央に近い位置にこの川はあった。

「水が澄んでいるし、魚も十分。それに、水を飲みに来る動物たちもいる。思ったとおり住み面倒。


「やすそうだ」

水源の確保は非常に重要だ。

ドワーフの場合、最悪持ち前の火の魔術で海から水を作れるとはいえ、毎回それをするのは面倒。

こういう、大きな川の近くに集落を作れば何かと便利だ。

サーヤがしゃがみ、川の水を飲む。

「美味《おい》しいお水です。……本当にヒーロさんが言ってた通りの島です。自然が豊かで食べるものが溢《あふ》れていて。危険な獣はいても、魔物はいない。平地も多くて、水源は豊富、少ない手間で畑が作れる。気候もすごしやすそう。理想的な移住先ですね」

「今のところはそう見えるな。だが、結論を出すのは最後まで見て回ってからにしようか」

「はいっ、そうします」

サーヤがぐっと握《にぎ》り拳《こぶし》を作る。

それから、お腹《なか》が鳴った。

「ごっ、ごめんなさい。安心したら急にお腹が空いちゃって」

昼食は遅めの時間に済ませたのだが、これだけ動いたのなら腹も減るだろう。

「調査が終わったら、飯にしよう。せっかくだし、この島のものだけで飯を作ってみせようか？　面白《おもしろ》いだろう」

「それはいいわね」

「はいっ、参考にさせてください！」

ここまでの探索で良いものを見つけていた。

色々と、ここだからこそできる贅沢《ぜいたく》がある。

そうして、立ち上がろうとしたときヒバナが首をかしげる。

「今、川底が光らなかったかしら？」

「あっ、本当です。きらきらしたもの……というか、あれって金じゃ。間違いないです。あれ、砂金ですよ」

ドワーフの特性で、鉱物の見分けは得意らしい。

「言わなかったか？　ほら、ずっと遠くに見える山があるだろう。あれは金山だ。金山が近くにあると川で砂金が採れる」

「すごいわね。手付かずの金山なんて」

「はい、金でいろいろと細工ができるのは楽しそうですけど。火種にならないかが心配です。下手したらそれを取り合いになって戦争に巻き込まれるかもしれません」

流通する貨幣の基盤なのだから、どの国も血眼《ちまなこ》になって探し、確保しようとする。

そして、新たな金山が見つかればそれを巡って戦争すら起きる。

「陸続きならな。ここまで来られるような船を造れるのは俺たちだけだよ。離島のメリットがそれだ」

陸続きなら、金山なんてものを手に入れた場合、どれだけ隠そうとしても情報は漏《も》れる。

しかし、こんな離島なら情報の漏れようがない。

「あとで行ってみましょう。実際にどんなものか見てみたいです」

「ああ、俺もそのつもりだった」

鉄もほしいが金もほしい。

鉱山のチェックは欠かせないだろう。

◇

島の環境は調べ終わり、ちょうど島のど真ん中にある山にやってきていた。

金と銀が眠っているはずの山だ。

川に砂金が流れていたことから、金があるのは間違いない。

問題は銀もあるのか？　また、それぞれの埋蔵量はどれぐらいかだ。

山に登り、その調査はサーヤに任せる。

サーヤのほうが、俺よりも数段探索範囲も精度も高い。

サーヤはただ無造作に歩いているように見えて、土の魔術で山の中を探っている。

歩きながら、キツネ耳がぴくぴくと何度も動いた。

「驚きました。すごい埋蔵量です。多すぎて、どれだけ眠っているのか把握できません。ちょっと掘ればすぐに金が手に入りますよ」

「そうか。それはいいな」

「あの、本当に私達がこの島を使っていいんですね。すごく失礼な質問をします。……あとから金を独り占めしたくなって追い出したりしませんか？　そんなことになるなら、私達はここを諦《あきら》めて残りの候補にかけます」

なかなか、見えている。

上に立つものとしての意見だ。

「それはないな。ドワーフたちが独り占めしようとしなければの話だが。お互い、好き勝手掘ればいい」

「わかりました」

わかったと言いつつも、サーヤの中では減点ポイントなのだろう。

金を資源ではなく、火種として見ている。

もし、残りの候補を見て回って、同じような居住環境があればそっちを選ぶだろう。

俺の考えが浅はかだった。金があれば、鍛冶や細工ができると喜んでもらえると思ったが、そこまで気楽ではいられないらしい。

「これで、この島の調査は一通り終わりだな。なら、飯にしよう」

「ええ、お腹ぺこぺこね」

「私も、ご飯が楽しみです」

この島に来て良かったと思ってもらえるよう、腕によりをかけて作ろう。

◇

川で身体《からだ》を清め、代えの下着に着替え、今まで身につけていたものは洗う。

その後は目星をつけていた居住するならここだという場所にやってきて、焚《た》き火《び》を囲みつつ夕食の用意をしていた。

今日の主食は、麦粥《むぎがゆ》だ。

この島に自生していた麦を使ったもの。小麦よりは大麦に近い。

なので、パンにしてしまうとグルテンが足らずにかっちかちのひび割れパンになる。

だけど、スープに入れて煮込むと味がよくしみてうまいのだ。

「にしても、ヒバナはすごいな」

「サバイバルは得意よ」

そのスープの主役はヒバナが狩ってきた野鳥だ。

通常の鳩を二回り大きくしたようなもので、食べごたえがある。

下ごしらえしたあと、たっぷりと塩を塗り込み、焼き目を入れてカットしてからスープに投入。

スープのほうは、海辺にいた小さな蟹《かに》を甲羅《こうら》ごとすり潰《つぶ》したもので出汁をとり、海水から得た塩で味を整えて濾《こ》している。

蟹の濃厚な出汁が出ており、香りだけで空腹を刺激する。

蟹のスープにハト肉は少々乱暴だが、ハトの肉は癖《くせ》が少なく意外となんにでも合う。

大麦がスープを吸ってぱんぱんになったところで完成。

「食べてみてくれ。すべて、この島の材料で作った飯だ」

大麦、蟹、塩、野鳥。

すべてが現地調達。

「では、さっそく。……いけるわね。これ」

「はい、とってもとっても美味しいスープです。スープをたっぷり吸ってむっちりした大麦がたまりません」

俺も食べてみよう。

うん、思ったとおり蟹からいい出汁が出ているし、ハト肉もうまい。

品種改良をしたものじゃないから、味に不安があった大麦も、ちゃんと主食にできるレベルだ。

「この大麦、冬になる前にできるだけ集めておきたいな」

「そうですね。主食が確保できるのはいいですし、春になったら植えてもいいかもしれません。こんなに美味しいんですから」

サーヤがうんうん頷《うなず》いて、大麦粥を流し込む。

とても満足げな顔だ。

「こっちに移住したら、すぐにでも冬に備えてくれ。俺も援助するが、できるだけ自分たちでやっておいたほうがいい。そうだな、大麦集めと、あとは漁に出て魚を集めて、燻製《くんせい》か塩漬けだ」

「それもいいですけど、シカやイノシシがたくさんいました。干し肉や塩漬け肉もいいですね」

「ああ、肉もか。羨《うらや》ましいな」

なにせ、カルタロッサの場合、農業がうまく行かずに肉に依存し、狩りすぎて、近場の山じゃほとんど動物がいない。

「ちょっとなら、おすそわけしますよ」

「狩りすぎるなよ。俺の国の二の舞になる」

俺の冗談にサーヤが笑う。

「あと、ヤギもたくさん見ました！　ヤギは捕まえて飼いたいですね。そしたら毎日、ヤギのミルクが手に入りますし、服の材料にもできます。あと、綿の花も自生していましたよ。ヤギの毛と綿があれば、大抵の服は作れちゃいますよ」

「ドワーフは服も作るのか」

「別に鉱物専門じゃないですよ。私達は手先が器用で、ものづくりはなんだって好きです。落ち着いたらヒーロさんの服も作ってあげますね」

「ああ、頼むよ」

そういえば、クロハガネの面々が着ている服はやけに仕立てがいいと思った。

「本当に、ここはいい島です」

「そうだな、俺もそう思う」

もし、カルタロッサが詰んだとき、避難先として選びたいと思うぐらいには。

「さてと、食事の次はデザートだ。甘いデザートなんてものを用意したんだ」

「甘いデザート？　さすがに果物が自生しているのなんて見なかったわ」

「そうですね。私も気づきませんでした。旬が外れて、春や夏が楽しみなのはありましたが、実っているものは一つもなかったはずです」

「いや、果物は使わない」

「もしかして、ミツバチがいたの⁉　それはすごいわ」

「そっちも違う。食べてからのお楽しみだ」

このあたりだと甘いと聞いた瞬間に思い浮かべるのは、果物とはちみつだ。

なぜなら、砂糖きびは気候の関係で、俺たちのいる大陸では育たない。サーヤの反応を見る限り、こちらでもそうなのだろう。

それもあり砂糖はとてつもない貴重品であり、それを使うことを想像すらしない。

なので、甘いものといえば果物とはちみつ。

はちみつのほうも貴族の嗜好品とされていて、なかなか庶民の手には届かない。

俺は焚き火の灰の中から、濡《ぬ》れた木の皮の包みを取り出す。こうすることで蒸し焼きにできる。


包みを解くと、中には大きな貝殻があって、貝殻を開くと蒸しパンがあった。

「うそっ、ほんとうに甘い匂《にお》いがするわ」

「とっても優しい匂い、うっとりしちゃいます」

「食べてくれ。この島の甘みを」

待ちきれないといった様子で、二人が蒸しパンにかぶりつく。

「これ、もちもちで、中から甘くてどろっとしたものが溢《あふ》れて、幸せ」

「はうう、甘いですぅ。とろけちゃいます」

ふたりとも、顔をにやけさせて、俺の作ったデザートに夢中になっている。

そこからは無言になり、一気に食べてしまう。

女の子の多くは、甘い物が大好きだ。

だけど、この世界じゃ滅多《めった》にそういうものは食べられない。

よほど嬉《うれ》しかったのだろう。

「ありがとう。本当に美味しかったわ」

「一瞬、天国のお母様が見えました」

「喜んでもらえて何よりだ」

「こんなのどうやって作ったの？」

「ヤシの実だよ」

「嘘《うそ》よ。甘かったけど、ほんの少しって感じだったわ」

品種改良されていないヤシの実なんてそんなものだ。

「煮詰めたんだ。大きなヤシの実の汁を大さじいっぱいぐらいにまで煮詰めるととても甘くなる」

この蒸しパンは正確には蒸し餡《あん》パンだ。

自生していた芋を潰して、煮詰めたヤシの汁を使って餡にする。

パンの部分は大麦。グルテンが足りなくて普通に焼いたらかっちかちになる大麦も蒸し焼きにするとふかふかになる。

「今日の夕食は満足していただけたかな？」

「最高だったわ」

「はい、ここに住むのが楽しみになりました」

「それは良かった」

俺は微笑んで、錬金魔術を使う。

地中から土が盛り上がり、固められてドーム状になる。

側面には空気穴を作っておいた。

「今日はここで寝よう。明日の朝には出発だ」

「相変わらず便利な力ね」

「これなら、あっというまに住むだけの家はできちゃいますね」

中で灯りをともし、三人が入ってから扉を作ってはめ込む。

大型のクマだろうと、これは壊せない。今晩の安全が確保できた。

今日はもう寝よう。

明日も早いし、体力を取り戻さなければ。

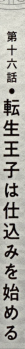

第十六話●転生王子は仕込みを始める

予定通り、しっかりと三日でクロハガネへと戻ることができた。

天然の洞窟《どうくつ》を利用したドックに船を向かわせる。

今の操縦はヒバナだ。

サーヤは手元の書類を見比べている。

それらは居住候補についてまとめた資料。

サーヤはそういうものを作っていた。あとで、長《おさ》を含めて説明が必要だからだろう。

「やっぱり、最初の島にします」

考え抜いた上で、サーヤは結論を出した。

「やはり、そこになるか。そこ以外も住めなくはないんだがな」

住みやすさを考えると、断トツだ。

他の候補先も住めなくはないが、何かしらの問題があったりすでに人が住み始めていたりと厳しい状況だ。

「私も最初の島にしたほうがいいと思うわ。そろそろ着くわね。船造りが進んでいるといいけど。もし、全然進んでないってなったら計画が厳しくなるわね」

「それは彼らを信じるしかないことだ」

「安心してください。みんな、いい腕ですよ」

サーヤは平然としている。まったく不安に思っていない。

それだけ、仲間のことを信じているということだ。

ヒバナの言う通り、俺《おれ》たち不在時にどれだけ作業が進んでいるかが、計画を進める上で非常に重要だ。

期待通りだといいが。

◇

ドックに戻ってくると、熱気を感じた。

パーツ作りに炎の魔術を多用しているせいだろう。

サーヤが笑顔で手を振ると歓声が響き、作業を止《や》めてドワーフたちが駆け寄ってくる。

「姫様、よくご無事で！」

「おかえりなさい、姫様」

「あとで、土産話を聞かせてください！」

相変わらずの人気者だ。

そんな彼らを見ながら、ドックの隅を眺める。

「驚いた、もうこんなにできているのか」

そこには、船のパーツがいくつもならんでいた。

ドワーフの一人が得意げな顔をしてやってくる。

「姫様が命かけて海を渡ったんだ。俺たちだって、全力でやらなきゃ合わせる顔がねえ」

品質をチェックする。

多くのパーツは鉄ではなく鋼鉄。製法は教えていたが彼らにとって未知のものであり、若干の不安はあった。

「いい出来だ」

鋼の質も、パーツの精度もいい。

精度を犠牲にして速度優先と伝えていたにもかかわらず、これほどの精度とは。

それでいて速度も素晴らしい。材料集めから作業が必要なのに、たった三日でこれほどの質と量は信じられない。

ドワーフたちを少々侮っていたらしい。

特に素晴らしいのが木材のパーツだ。

金属製のパーツだけでなく、木材を使ったパーツも多い。

感心するのは、使用する木材をパーツごとにうまく使い分けている。

特に指定はしていなかったが、図面を読んで求められる機能を推測し、そこに合わせたチョイスをしている。加工する前の下処理も完璧《かんぺき》。

木材の加工は魔術ではどうしようもなく手作業だが、これは一流の職人技だ。

サーヤがドワーフは金属だけでなく、物作りなら任せておけと言っていたのも納得だ。こと、木材で作るパーツに関しては俺がやるよりいい。

「……このペースなら、あと二日でパーツはすべて仕上がる。この精度なら調整も少なく済むから半日で組み上げまで持っていけるな。あと三日で完成ってところだ。いや、それはぎりぎりすぎるか」

「二百人が乗れる船をこんな短期間で作れるなんて魔法ね」

「一つ訂正がありますよ。ここから、クロハガネで一番のドワーフが作業に加わります。今でぎりぎりなら、余裕で仕上がりますよ」

サーヤが袖《そで》をまくり上げ、二の腕で力こぶを作る……ぜんぜん筋肉が膨らんでいないし、柔らかそうだ。

そういう可愛《かわい》らしい仕草はともかく、今の発言を誰《だれ》も否定《ひてい》しない。

先祖返りで魔力と魔術適性に優れているのは知っていたが、技術力でもこの若さでトップか。

この船をわずかな教材のみで設計できたことから勘付いていたが、やっぱりサーヤは天才だ。

「そうか、なら今日を含めて二日はサーヤにここを預ける。俺とヒバナは、クロハガネのみんなが確実に逃げられるよう準備をする」

「任せてください。ばっちり、パーツを完成させておきます」

サーヤなら、設計を完璧に理解している。

十分にここを監督できるだろう。

◇

俺とヒバナはサーヤを残して、ウラヌイへの街道を歩いていた。

ヒバナにはいつも以上に警戒してもらい、人の気配があればすぐにでも隠れるように準備をしている。

「やっぱり、この街道を通らないと厳しいな」

「そうね。魔力持ちの身体能力ならなんとかなるけど、それでも街道を通るよりずっと時間がかかるわね」

ヒバナには調査してもらっていたが、自分で歩いてみてよくわかる。

しばらく歩くと谷間に入り、両側がかなり高い崖で、その間を通るようになる。

もし、この道を通らなければ何十メートルもある崖をよじ登らないとクロハガネには行けないし、崖の上をさきほど覗《のぞ》いてみたが、木々が生い茂り、土は異様に柔らかく、足が埋まり非常に歩き辛《づら》い。

「崖を崩して、道を埋めると言っていたけど、どうするつもりなの？　移住の決行日までは警戒されないようにするのでしょう？　中途半端《ちゅうとはんぱ》な瓦礫《がれき》だと魔力持ちはあっさり飛び越えてしまうわ。それなりに道幅があるし、埋めるのには苦労しそうよ。いくらヒーロでも厳しくないかしら」

「爆弾を使う。花火を見せたことがあるだろう？　あれを応用して作った爆弾を二つだけ持ってきているんだ」

「かなりの威力があるだろうけど、それでも厳しいと思うわ」

「普通にやればな。崖を崩すのは逃走する日だが準備は今日からできる。強い衝撃を入れれば、崩れるように細工しておけば、爆弾が引き金になって激しい崩落が起きる。そのために、ここへ来た」

「なるほど、言われてみればその通りね」

崖を見上げる。

仕込みは錬金魔術を使えばさほどの労力はかからない。

問題は計算だ。

当日までに崩落が起きてしまってはいけないし、当日爆弾で崩落しなければ目も当てられない。

いつも以上に注意深く作業をしなければ。

◇

一時間ほど調査と計算に費やし、さらに二時間かけて、仕込みを行った。

できれば、実験をしたいところだが。それもできない。

……ぶっつけ本番だ。

「これで、仕込みはできた。この前、簡単には聞いたがこのさきにある砦《とりで》の戦力をもう一度教えてくれ」

「ええ、いいわ。魔力を持たない一般兵は五百人程度ね。魔力持ちは五十人ほど。魔力持ちの中でも強いのは十人だけ、残りは大した実力じゃないわね。一対一なら十秒で沈めるし、集団で襲われても対処できる自信があるわ」

諜報についても、訓練を受けているためヒバナの偵察は必要な情報がしっかり揃《そろ》っている。

「その強い十人は」

「私より少し落ちるのが二人、残りの八人はヒーロよりちょっと弱いぐらいね。一対一なら勝てるだろうけど、複数で襲われたら勝てない。時間稼ぎぐらいはできるでしょうけど」

数の力というのは非常に大きい。

少々の実力差程度ならあっさりひっくり返ってしまう。

「……そいつらに追いつかれたら終わりだな」

「そうね、完全にここの道を潰《つぶ》せばかなり時間が稼げるはずよ。問題は、今言った戦力は見えている分だけでそれだけいるってことね」

おおよそ、戦いになった時点で負けか。

わかってはいたことだ。

「ドワーフたちが戦えれば、話は違うんだがな」

女性や、老人、子供まで二百人しかいないが、全員魔力持ちのうえ、魔力量は一般的な人間の魔力持ちよりよほど優れている。

やりようによっては、十分勝てる。

「厳しいでしょうね。それができるならこんなことになっていないもの。戦うのが苦手な気質なのよ。……大事な大事な姫様を奪われるなんてことになって初めて、剣を取るぐらいなのだから。いくら能力があっても戦う気持ちがないと足手まといね。戦力として計算したくないわ。命を預けられない」

ヒバナの言っていることは冷たく聞こえるが極《きわ》めて正しいし、ドワーフたちを思ってのこと。

いざ、戦いになってから躊躇《ちゅうちょ》するような兵は使えない。

いくら憎い敵でも、人を殺すというのは凄《すさ》まじい抵抗があるのだ。
……ただ、例外はある。
遠距離攻撃。
人を殺す際に刃物よりも、銃のほうがずっと抵抗が少ないと聞いたことがある。
引き金を引くだけだから、殺すという実感がわかないし、血も浴びない。
銃は無理でも、ドワーフの技術力ならクロスボウぐらいならすぐにでも作れる。
幸い、船は予定以上よりも前倒しで造られており時間に余裕があるのだ。
なら、備えはしておいたほうがいい。
それに、居住先じゃ獣を狩って糧《かて》を得る。クロスボウはそのためにも使える。
「武器を作らせておこう」
武器を作れとは言わない。
新生活に備えた道具作りで、面白《おもしろ》い弓を作ろうと持ちかける。
彼らの気質を考えるとそちらのほうがいい。
「危なくないかしら？　変に力を持つと逆に危険よ？」
何も武器がなければ、逃げる以外の選択肢がない。
だが、武器があれば戦おうとしてしまう。
そのことをヒバナは言っている。

「いや、自分で自分の身を守ることだって必要になるかもしれない」

保険だ。

俺たちにとってベストは、クロハガネに常駐している見張りを無力化し、そもそも応援を呼びに行かせないこと。

次に、応援を呼ばせたとしても、応援が来るまでに全員が逃げ終えること。

戦いになるのは、最悪の事態にすぎない。

ただ、その最悪の保険がないとまずい。

そう、俺の勘が言っている。

「さて、クロハガネに行こう。やらないといけないことがある」

「まだ、昼で危ないわ」

「大丈夫、見つからないようにうまくやる」

応援を呼ばせないための仕込みだ。

クロハガネの見張りはかなり気が緩《ゆる》んでいる。

そこをうまく突く仕掛けを用意しておくのだ。

第十七話・転生王子は希望の船を組み上げる

クロハガネには詰め所が存在する。

常に十人ほど常駐して、クロハガネの民を見張っていた。その十人で昼と夜をカバーしているため、実稼働は五人ほど。

クロハガネの民が従順な性格だからこそ見張りはかなり緩《ゆる》い。

あくまで見ているのは街の中であり、作業場の監視はしない。

門番すら、クロハガネの者にさせるぐらいのザルさだ。

毎日、夕方にノルマをチェックしているものの、逆にいえばノルマさえ達成していれば怪しまれない。

とはいえ、常に魔力持ちを二人は配置している。

何かあれば、すぐにでも砦《とりで》に増援を呼びに行かれてしまうため、対策が必要だ。

どれだけ工夫をしようとも、二百人が逃げ出そうとしたらばれる。

週に一度程度、人数をチェックしているのもうっとうしい。

この人数チェックがなければ、いっそ小型の船を造って少しずつ民を逃していくという手段が取れた。

　だが、それができない以上、奴《やつ》らを無力化して一気に二百人が逃げるという手段を選んだ。

「また、地下なのね。最近、掘ってばかりの気がするわ」

「地下はいい。やりたい放題できるからな」

　今、俺《おれ》達がいるのはクロハガネの地下だ。

　そこでせっせと穴掘りをしている。

　そして、この位置は奴らの詰め所の真下。

「……もしかしてだけど、これは落とし穴？　必要以上に深く掘っているわよね」

「ああ、正解だ。地下に巨大な空間を作っておいて、脆《もろ》い柱をいくつか作って支えておく。そして、柱を一つ壊すと、他への負荷が大きくなっていく、どんどん罅《ひび》が入って、だいたい二分ほどで一気に崩落して奴らの詰所と宿舎は地下深くに沈む」

「そういうことね。つまり、当日は私とヒーロが別行動をとって、砦につながる道と、詰所を同時に潰《つぶ》す。クロハガネの民はそれを合図にして一斉に逃げ出す」

「ああ、幸いにして夜の見回りは、いつも同じ時間だ。全員が詰所にいるタイミングは摑《つか》める。一気に、建物ごと地下深くに落ちれば、早々出てこられない。ついでに建物の方も強い衝撃を受ければ壊れるように細工する」

　ただの落とし穴じゃない、建物ごと落ちるのだ。

危険度も、脱出の難しさも非じゃない。

その上、建物の屋根や壁までが覆《おお》いかかってくる。やられるほうはたまったものじゃない。

「けっこう、えぐいわね」

「穴掘りも馬鹿《ばか》にしたものじゃないだろ？　落下のショックと建物の崩壊、並の人間なら死ぬだろうし、瓦礫《がれき》の山を押しのけ、地上に抜け出すにはかなりの時間がかかる。万が一地上に出られて、逃げ出したクロハガネの民を追いかけようとしても、詰所にいる連中だけなら俺とヒバナで対処できる。応援を呼ぶという選択をした場合、道を潰しているから、応援が来る頃には脱出が完了しているというわけだ」

この二段構えで、当日は脱出を目指す。

「良い作戦ね。でも、結構地道で掘る量が半端《はんぱ》ないのが辛《つら》いわね」

「それは俺も思う。失敗したなって後悔しているんだ」

「後悔？」

「ああ、もっと爆薬を積んでくれれば良かった。こっちだとなかなか火薬の材料が揃《そろ》わなくてな。十分な爆薬があれば、面倒なことをしなくても逃げる当日に大量の爆薬でまとめて吹っ飛ばす。手間がかからず、安全だな」

「いつからヒーロはそんなに物騒になったの？」

ヒバナが少し呆《あき》れた表情で俺を見ている。

そんなことを言われても困る。

俺は騎士ではなく錬金術師だ。勝ち方になんてこだわるつもりはない。

より、確実な方法を選ぶ。

「あとは努力と根気だ。……掘り方が浅いせいですぐに抜け出されてしまったなんて笑えないからな」

「ええ、しっかりやりましょう」

この作業にはクロハガネ全員の命がかかっているんだ。

がんばらないと。

◇

数日後、サーヤに呼ばれてドックに来ていた。

「どうですか、パーツは全部完成しました。あとは組み立てるだけです」

キツネ尻尾《しっぽ》をぶんぶんと振りながら、サーヤはドックの端に並べられているパーツのほうに手のひらを向ける。

船に必要なパーツの数々がそこにあった。

設計図を見ながら、一つ一つチェックしていく。

「……驚いた。全部揃っているだけじゃない。前見たときよりさらに精度が上がっている」

「ふふふ、作業をだいぶ前倒しできたので手直しをしていました。ヒーロさんには別の作業がありましたからね」

地下の仕掛けで俺は動けなかった。

だから、船造りが早く進んでもできることはない。

その間を無駄にせず、こうした気配りをしてくれたのは嬉《うれ》しい。

「何人かいないみたいだがどうかしたのか？　そういえば、船を貸してくれと言っていたな」

「そっちは居住先に行ってます。逃げたあとのために環境を整えていますね。主に家を作ってます。ただ、日帰りなので作業時間が取れなくてほとんど進んでいないですけど」

用意周到なことだ。

ドワーフの土魔術と炎魔術を駆使すれば簡易的な家は簡単に作れる。

二百人が一時的に住めるだけの環境は数日で出来るだろう。

まずは夜露がしのげる環境と、当面の食料があれば、ちゃんとした生活基盤作りに集中できる。

「そうか、そっちもどうにかしようと考えていたが任せて大丈夫そうだ。よし、仕上げていく」

パーツは揃った。

あとはプラモデルと一緒だ。組み立てていくだけ。

……にしてもすごいな。

木材のパーツは手作業であり、俺がやるより精度がいいとは思ったがここまでとは。

船ではやはり、錆《さび》は天敵だ。

だから、可能であれば木のパーツ同士はつなぐのに釘《くぎ》を使わないほうがいい。

そう考えて、パーツの接続箇所はすべて凹凸《おうとつ》をうまく使って、パズルのように噛《か》み合《あ》う作りだ。

日本では一流の職人がその気になれば、釘を一本も使わずに家を作れる。

そんな極《きわ》めて高度な技術が要求される職人芸を彼らは成し遂げていた。

数ミリずれるだけで一気に脆《もろ》くなるが、完璧《かんぺき》に作れば釘などを使うよりよほど丈夫に仕上がる。

試しに組み上げてみると継ぎ目が見えない。引っ張ってもびくともしない。それだけ完璧な技。

「……これは俺にはできないな」

組み上げながら微笑《ほほえ》む。

さすがは、生まれながらの鍛冶師《かじ》だ。

どんどん船を組み上げていく。

重機が必要な箇所も、魔力で限界まで身体能力を強化し、錬金魔術を駆使すればどうにでもなる。何より、サーヤたちも手伝ってくれる。

さすがに鉱物系のパーツは完璧とはいえない。設備面の問題で限界があり、こちらで調整が必要なところも多いが、そこも大した負担にならない。

錬金魔術ならば、鉱物の微調整は非常に容易。

どんどん船の形ができていく。

「さあ、着水だ」

ついに、みんなが見守るなか船が水に浮かび、歓声が響き渡る。

「あとは魂を入れるだけだ。これはおまえ達の船だ。サーヤ、おまえが仕上げをしろ」

サーヤに、この船の魔力炉を渡す。

魔力を流すことで、それを駆動系に伝えスクリューを回す、いわば船の心臓だ。

「はいっ！　みんなもついてきてください」

船に乗り込む。

そして、甲板から階段を降り、動力室に入る。

サーヤがごくりと唾《つば》を呑《の》み、ゆっくりと魔力炉をはめ込む。

「さっそく、動かしてみるか？」

ここは船室内だが、レンズをうまく使って前後左右、水中のすべてを見ながら操縦できるようにしている。

甲板の上より、ここのほうが安全かつ、集中して操縦できる。

そもそも魔力炉からスクリューの距離は近いほうが効率的なので、必然的に操縦席はここになった。念のため、レンズが破損したり汚れたりしたときのために甲板上にも操縦席を設けているが、ここがメインだ。

「はいっ、やってみます。ゆっくり動かすだけなら一人でもできるはず」

サーヤの声が震えている。

それから、しっかりと魔力を注《そそ》ぐ。

スクリューの震えが伝わってくる。

それから、船が動き始めた。

大型故《ゆえ》に、俺が造ったクルーザーより反応は鈍く、速度は遅いがちゃんと前に進み、ドックから海にでる。

「動きました！　ちゃんと動いてます」

「ああ、良い船だよ」

「良い船なのは当然です。だって、みんながすっごくすっごく頑張って造った船ですから！

それに、ヒーロさんも」

声が潤んでいる。

この船を造るのにひどく苦労した。

それにこれはクロハガネの民を救う足がかりになる。

「あの、ヒーロさん。この船の名前をつけてくれませんか？」

「いいのか、これはクロハガネの船だ」

「契約では半分はカルタロッサ王国の船でもあります。それに、なんとなく私がそうしたいって思ったんです」

サーヤが微笑む。

……一瞬、見惚《みと》れてしまった。

それは多分、初めて見たサーヤの本当の微笑み。

綺麗《きれい》な子だと思っていた、だけど作り笑いじゃない本当の笑顔はこんなに魅力的だったのか。

「じっと私の顔を見て、どうしたんですか？」

そんな俺を見て、サーヤが不思議そうに首をかしげていた。

見惚れていたなんて照れくさいし、まるでサーヤを口説《くど》いているようだ。ごまかすしかない。

「なんでもないさ。船の名前だけど、エスポワールなんてどうだ」

「どういう意味なんですか？」

「異国の言葉で希望を意味するんだ」

「ぴったりですね。この船は私達の希望です」

これで大きな課題の一つだった船は完成した。

あとは些事《さじ》が残っているものの、無事に逃げ延びるだけ。

この希望の船で、俺たちは新天地に向かうのだ。

第十八話・転生王子は正解にたどり着く

船の完成、そして出港日が決まったことで慌ただしくなっている。

船の完成後は三つのチームに分かれて作業している。

一つ、船の改良作業。船は完成したといってもあくまで航行できるという状態にすぎない。魔物対策の兵装や乗員が快適に過ごすための設備を作る必要がある。そこはサーヤが中心となり行う。

二つ、居住先の環境整備。住居及《およ》び、畑や、水源の確保。これはサーヤが信頼できると太鼓判を押したドワーフが中心に行う。

三つ、食料の確保。いくら自然が豊かで現地での食料調達が可能とはいっても、二百人もいるし不測の事態に備えないといけない。現地での狩りや採集では効率が悪いため、小型船を使い買い出しに行く。これは俺《おれ》とヒバナが担当する。

今日は小型船を使い、居住先に環境整備担当のドワーフたちを降ろしたあと、俺とヒバナはクロハガネのある大陸、その海岸沿いに動いていた。

目的地はウラヌイの先にある街だ。

「あれ、良かったの？」

お供のヒバナが問いかけてくる。

「いいも悪いもないさ。保険だよ」

「そう、できればあれを使う機会がないことを祈るわ」

あれというのはクロスボウのことを言っている。

ただのクロスボウじゃない。

ドワーフたちの魔道具作り技能を活《い》かすことを前提に設計した強力なもの。

第一に弦《つる》の強さが半端《はんぱ》なく、常人には引けない。ヒバナクラスの魔力持ちが全力で引けばなんとかというおかしな強さ。

次に、それを引くために、滑車を使い少ない力で弦を引けるようにした上で、魔力を用いた巻き上げ装置がある。

魔力を持つものなら、子供だってそれほど強力なクロスボウを放ててしまう代物。

元よりクロスボウというのは非常に強力な武器だ。

鉄でできた鎧《よろい》すら貫く、それがここまで強化されたのだから、当たれば魔力持ちでも貫ける。

「あれはあくまで船の上から近づいてくる魔物を狙《ねら》うためのもので、平時は狩りにも使える生活道具だ」

「あなたはそう言ったけど、オーバースペックすぎるわ。……少なくともサーヤは戦うためのものだって気付いているわよ」

威力だけじゃない、短矢を収めるマガジンが付けられており、自動的に給弾される。それを魔力で引くため連射まで可能だ。

このクロスボウは威力・連射能力・精度すべて申し分ない。

こと、魔力持ちが使うのであれば銃など必要ないと思えるぐらいの性能だ。

もっとも、非常に作りが複雑かつ、精度が要求される。こんなものを作れるのは錬金術師かドワーフぐらいだが。

「そうだな。だが、サーヤは気付いていて話に乗ったんだ。彼らにだって戦う覚悟があるってことだ」

「そうね。ちょっと過保護だわ。この話はおしまいにしましょう。ねえ、そのクロスボウ、カルタロッサ王国では使わないの？」

「魔力持ちじゃないと使えない代物だからな。なかなか、難しいんだ。うちの騎士団は、魔剣を装備した近接のスペシャリストだし、クロスボウはいい武器だけど無理に戦闘スタイルを変えさせると逆に戦闘力が落ちる。ただ、何人かには使わせたいと思うよ」

全員が魔力持ちなんていうのはドワーフぐらいで、人間であれば、十人に一人いればいいほうだ。

クロハガネで開発しているクロスボウは性能的には銃に勝るが、誰《だれ》でも使えるということに重きを置くなら素直に火薬を使った武器を作ったほうが良い。

……ただ、今のところ銃を作るつもりはまったくない。

銃の原理自体はひどく簡単なものだ。筒の中で火薬を炸裂《さくれつ》させて金属弾を飛ばす。

もし、カルタロッサ王国が銃を作り、配備したとする。

それで効果を上げれば、相手は同じものを作ろうと思うし、作れてしまう。

火薬自体は発明されてしまっているのだから。

銃の利点というのは、誰でも使えてしまうことであり、国力と人口が多い国ほど優位になる。

農民が一日の訓練で何年も剣の修行をした騎士を殺せてしまう。

個の力を否定し、数を肯定する。それが銃という存在。

ようするに、銃なんて概念を世界に公表した瞬間、小国のカルタロッサは窮地《きゅうち》に陥《おちい》ってしまう。

もし、俺が銃なんてものを民に持たせるときがあるとすれば、それはたとえ未来でどれほど苦難が待ち受けようと、そうしなければそこで終わる状況だろう。

「そうなのね、なら私にも使わせてもらえない？」

「超一流の剣士がどうしてだ？」

「こっちじゃ、攻撃に魔術を使うことはまずないけど、向こうじゃそれなりにいるのよ。たまに射程が欲しくなる。あのサイズだと背負っていられるし、保険に持っておきたいの」

「わかった。それを前提にヒバナ用のを作ってみよう。あくまでサブなら連射機構は外して、その分軽く、嵩張《かさば》らないように、それから精度を上げたほうがいいな」

「ええ、それがいいわね。任せるわ」

攻撃魔術か。

実物はまだ見たことがない。

国ごとに魔法を開発しており、それらの多くは機密扱いだ。

カルタロッサ王国の場合は、身体能力向上に極振りしており、ほとんど無意識に使えるほど簡略化しているにもかかわらず、効率がいいという優れたものだ。だからこそ騎士たちは強い。

逆に、遠距離攻撃に特化している国や、バランス良く開発している国もあれば、特殊な用途のものもある。

国土を切り取られ、弱体化したカルタロッサ王国は魔術の研究を行えていない。いつか、カルタロッサ王国の魔術が時代遅れになる。

そんな日が来るかもしれない。

◇

俺たちが買い出しに来たのは、ウラヌイからさらに先へ行った街だった。

大陸沿いに海上を移動することで、安全にここまで来られている。

賑《にぎ》やかな街だ。

この街だけで、カルタロッサ王国以上の人口がいそうだ。

この街で、保存が利く食料を中心に生活必需品を買えるだけ買っておく。

「ねえ、今更だけど資金はあるの？」

「ああ、こっちの国で使ってる金貨と銀貨と銅貨がたんまり」

ずっしりとした袋を見せつける。

「……私の記憶だとカルタロッサ王国って貧乏だったと思うのだけど」

「間違いないな。ただ、忘れたのか。ドワーフたちの居住先からは金と銀が採掘できるし、銅は船の材料を集めていたポイントでいくらでも取れた」

昨日、居住先の環境整備チームに食料を買うためだと説明し、金と銀を持ち帰ってもらった。

「それ、ただの材料であってお金じゃないわよね」

「材料があれば作れるだろう。幸い、サーヤにこっちの貨幣、その実物を見せてもらえたからな」

「突っ込むのはやめておくわ」

「そうしてくれ」

錬金術による分解と再構成。

ただ、問題があるとすれば不純物が少なすぎることだが見た目ではわからない。

「カルタロッサ王国に戻れば、お金の問題は一発クリアね」

「かもしれないが、向こうで露骨に金を使えば、いろいろと疑われる。ほどほどにするつもりだよ」

隣国は、カルタロッサ王国を金づると見ている。

そんなカルタロッサ王国が気前よく金を使えば、その稼ぎを生み出す何かごと奪おうとするだろう。

だから、見えないようには使うつもりでいる。

「さあ、時間がないし急ごう、今日のうちに二往復ぐらいはしたいからな」

「ええ、そうしましょう。でも、賑わっていて良かったわね。売るぐらいに食料があるのはいいことよ」

「そうだな。景気がいい。……なんで、こんな国が戦争なんてしようとしているんだか」

ドワーフたちに課せられたノルマは無茶すぎる。

あれじゃ、潰《つぶ》してしまいかねない。

そして、ノルマが重くなったのは最近らしい。前までは辛《つら》いが無理ではなかったと聞いている。

つまり、相手だってドワーフたちの限界がわかっている。

それでも、無理をさせるということは、潰してしまうリスクを負ってでも短期間で多くの武器を求めているということ。

おそらく、どこかと大きな戦争がある。

俺たちは食料を中心にどんどん買っていく。

予算は気にせず、必要なものは目についたら買う。

「こんな贅沢《ぜいたく》ができる日がくるなんて思わなかったわ」

「俺もだ」

お互い、苦笑する。

貧乏国ゆえの苦悩だ。

そして、買ったものは即座に居住先へと運ぶ。

六人乗りの小型船であり、目いっぱい積み込んで、一度に運べるのは四百キロほどが限度。

かなりの量に見えるのだが、二百人もいれば二日分の食料にしかならない。

大型船のほうを使えればと思わなくはないが、あれはヴァージョンアップをしている最中で使えない。

むろん、小型船には小型船のメリットがある。軽い分小回りが利いて速度がある。

そして、二周目の買い出しの途中だった。

とんでもないものを見てしまう。

「なぜ、ここにこんなものがある」

「……教会ね」

教会、それは俺たちの大陸ではほぼすべての国に設置されている施設。

隣国に領地を切り取られていくまでは、カルタロッサ王国にもあった。

ただの教会を見ただけじゃ驚きはしない。

そのシンボル、デザイン、建築様式、すべてがこちらの大陸と一緒だったのだ。

それを見たとき、今までの疑問がすべて繋《つな》がっていく気がした。

もともと人が住んでいないはずの大陸に、人が居た理由。それはどこか別の大陸から移住し開拓した以外には考えられない。

しかし、大陸を渡るような船を造れるのは錬金術師だけであり、その錬金術師は教会によってすべて処分されて錬金術は封印指定を受けたから、それは考えにくいと思っていた。

だが、違ったのだ。

錬金術師はたぶん生き残っており、教会に保護されている。

教会が行っていたのは、錬金術師の排除ではなく、錬金術師とその技術の独占、教会は囲い込んだ錬金術師を使って、新たな大陸に足を踏み出し、利益《りえき》を独占している。

そうであれば、船だって造れ、移住し開拓も可能。

だから、大陸をまたいでいるにもかかわらず、こちらの言語とあちらの言語は一緒だったのだ。

言葉だけじゃなく、文化や価値観が似ていたのも当然、源流が同じなのだから。

それだけじゃない、教会のみが錬金術師の恩恵を受けられるのだから、とんでもない力を有している。

生唾《なまつば》を呑《の》む。

俺はとんでもないものを敵に回そうとしているんじゃないか？

もし、俺が錬金術師とばれた場合、ただ信仰のみで罰せられると考えていた。

だが、俺の推測が当たっているのなら、錬金術師の独占で教会が力をつけているのなら、たとえ、どれだけの犠牲を払おうがなんとしてでも俺も囲い込むか殺そうとするだろう。

「面白いな」

思わず、声を漏《も》らしてしまう。

とんだ生臭い神様もいたものだ。

普通に考えれば、勝ち目がない。

なにせ、数百年間研鑽《けんさん》を続けてきた錬金術師たちが向こうにいるのだ、教会の持つ技術力は、俺の師匠である、かつての錬金術師よりずっと上だろう。

しかし、俺には特別な力が二つある。

一つ、【回答者】によって正解を知れること。

二つ、転生前の知識があること。

……教会を敵に回した場合の想定を引き上げておこう。

たとえ、どんな相手が来ても負けないように。

第十九話・転生王子はハッピーエンドを目指す

食料の運搬が終わり、いつものようにクロハガネに戻ってサーヤの家に厄介となる。

寝転がりながら、考え事をする。

今日は食料集めのついでに教会の情報を集めた。

入信を考えてると言ったところ、向こうのほうから積極的に教えを広めようと、なんでも話してくれた。

あくまで口頭で聞いた範囲だが、その教義や思想は俺《おれ》の知る教会と同じもの。

そして、一つだけ気になることがあった。

大陸が違うからか、こちらにはない昔話がある。

それは、この大陸にやってきた人々が神の船で来たというもの。

神の船というのが錬金術師によって作られたものであり、それによる移民と考えるべきであろう。

また、その神の船は今でも三隻《せき》ほど現存するらしく、神の船でのみ魔物がはびこる海にだって出られると言っていた。

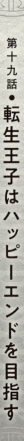

「そんな大昔の船を大事に大事に使うってことは、新しい船は造れないのか？」

三隻しかないというのが気になる。

貿易というのは巨万の富を生み出す。

俺たちの大陸になくて、こっちにあるものはぱっと市場を眺めただけでもいくつもあった。

そういうのはひどく金になる。

しかし、たった三隻であればできることはたかが知れている。

「そういうことか」

大規模な貿易なんてものをやっていれば、いくら教会が隠匿しようとしても外に漏《も》れているはずだ。

つまりは、船は増やしたくても増やせない。大昔の骨董品を大事に大事に使っているせいで小規模な貿易にとどまり、結果的に教会の貿易は隠せていると考えれば辻褄《つじつま》があう。

だとしたら凄《すさ》まじい。

それほど長持ちする船を造るなんて、かつての錬金術師はとんでもない技術を持っていたのだろう。

「それにしても、改めて教会の歴史、神の奇跡を見ると笑えてくるな」

教会は信仰を集めるのに奇跡の実演を行ってきた。

その奇跡が教典には記されている。しかし、その奇跡とやらをよくよく見ると、どれも科学と錬金術で再現可能なものばかり。
奇跡の正体は自分で封印した錬金術なんて笑わせてくれる。
教会がここまで大きくなったのは錬金術師を利用し尽くしたからこそなのだ。
……もし、教会と敵対した場合、これは利用させてもらおうか。
片っ端から奴《やつ》らの手品の種をばらして信仰を貶《おとし》めてやればいい。
そろそろ寝よう、魔灯に手をかける。
すると、激しいノックの音が聞こえた。
……万が一にも、俺がここにいることがバレたらまずいな。
中に入ってくるようなら、隙《すき》を見て屋敷から抜け出す準備をしておこう。
にしてもタイミングが悪すぎる。
ヒバナがいないのだ。とある任務を頼んでいるせいだ。

◇

様子を探るため、錬金魔術を使用する。
それは鼓膜に伝わる振動を増幅する魔術。
音とは空気を伝わる振動だ。聞き取れないような小さな音でも増幅すれば聞き取れる。

ここにいようと、屋敷の中でのすべての会話を拾える。

「あの、こんな時間にどうされたのでしょうか？」

サーヤが出迎えている。

相手はおそらく、この街に常駐している兵士たち。

「晩酌の相手をしてもらおうと思ってな。明日には、あんたあの豚に連れていかれちまうし。豚に持っていかれると思うと、惜しくなっちまったんだ」

「あ、あの、明日ってどういうことでしょうか？　予定だと、もう少し後のはずじゃ」

「知らねえよ。俺らも今日聞いたしな。予定が変わったんだとよ。偉え貴族ってのは、こっちの都合を考えねえから嫌《いや》になるぜ。明日の朝には、一行さんがご到着だ」

「……っ」

まずいな。

俺たちの出発予定は二日後の深夜にしていた。

明日、サーヤが連れ去られるのはまずい。

どうするものか、計画を前倒しするのには無理がある。移住先の準備も、食料の備蓄も、まだまだ不十分。

船の状態も完璧《かんぺき》とは言い難《がた》い。

そもそも、この状況からどうやってクロハガネの民全員に計画の前倒しを伝えるのか。

こいつらにバレずに行うのは至難の技だ。

「と、とにかくお酌ですね。では、準備をしますね。着替えてきますね」

「着替えなんていいさ。どうせすぐ脱がす。晩酌のあとのお楽しみでな」

その言葉には獣欲が込められていた。

「化《ば》けもんだが可愛《かわい》いしな」

「こう見慣れてくるとゲテモンも悪くねえよ。胸もでけえし、腰つきもエロい、たまんねえ」

「むしろ、もふもふ尻尾《しっぽ》とキツネ耳なんて萌《も》えるんだな」

下卑た笑いが響く。

「あの、私にひどいことをしちゃうと、貴族様に怒られちゃうんじゃないですか?」

「ああん? ばれるような間抜けなことはしねえよ。あんたが黙ってりゃそれでいい。チクってみろ。あんたが、ここを出ても、俺たちはここに残るんだぞ。……俺らの怒りはどこに向くだろうな?」

サーヤが息を呑《の》む。

……ゲスが。

窓から飛び降り、着地の瞬間に地面を柔らかくし、クッションにしつつ着地音を消す。

そのまま、入り口に回り、建物の陰から様子を見る。

目から光をなくしたサーヤが、男たちに手を引かれていく。

遠目に見ながらチャンスを窺《うかが》う。

「私が何もしなければ、みんなにひどいことしないんですね？」

「ああ約束する。あんたのサービスしだいじゃ、ひどいことしないどころか、優しくしてやってもいいぜ」

「へへ、楽しみですぜ。化物《ばけもの》とやるのは初めてでよ」

「最初は、マイクがまたアホなこと言い出したと思ったけど、まあ悪くねえ趣向だよな」

「わかってんだろうな、おまえら。もし処女ならそっちは使うなよ。貴族様に殺されんぞ」

「あいよ。それはそれでいい。せっかくだし、普通の人間じゃできねえ遊び方しますよ。尻尾コキとか面白《おもしろ》そうじゃねえか？」

「この変態男」

「「「あはははははは」」」

馬鹿笑《ばかわら》いがあたりに響く。

どうしたものか。

俺一人では、こいつら全員を無力化するのは難しい。

相手は四人。

そのうち二人は魔力持ちだ。

ドワーフたちのためにお手本で作ったクロスボウを持ってきている、一人は不意打ちで無力化できる。

ただ、その後が続かない。

「あいつらが俺より弱いっていう保証はない中、一人不意打ちで始末しても三対一。しかも助けを呼ばれたらアウトか……結構きついな」

しかし、サーヤは助けたい。

あの子は、きっと心を殺して、あんなクズどもの提案を受け入れてしまう。

……クロハガネの移住計画を成功させることだけを考えるなら、サーヤを見捨てるのはありだ。

彼らがサーヤを弄《もてあそ》んでいる隙《すき》に、状況を全員に伝え、一斉に逃げる。

サーヤを弄んでいるということは、奴らの宿舎にいるということで、事前に仕掛けた罠《わな》が使え一網打尽にできる。

そうなれば、サーヤ以外をなんとか安全に移住させることはできるだろう。

だけど、俺はそれを選ばない。

全員が確実に逃げられる方法より、サーヤが泣かないで済む方法を選びたい。

そのための策を全力で考える。

「多少危険だが、いけるか」

策が浮かび、行動のタイミングを測っているときだった。

ウラヌイの兵士たちの前に一人の男が現れた。

「姫様をどこへ連れていくつもりだ！」

知った顔だ。

サーヤに惚《ほ》れていた、あの門番だ。

なぜ、彼がここに？

そんなことより、この流れはまずい。

「ああん？　門番さんがなんの用だ」

「……姫様をどこへ連れていくつもりかと聞いている！」

「俺たちの宿舎だよ。お別れの前に楽しいことをしちまうんだ」

兵士はそう言い、サーヤの肩を抱く。

サーヤが震える。

「私は大丈夫ですから」

震えながら気丈にサーヤが微笑《ほほえ》む。

まただ、あの痛々しい作り笑い。

「ほら、どけよ。邪魔だ」

「あっ、もしかしてこいつ、この化物に惚れてるんじゃ」

「ははは、なんだそりゃ。おもしれえな、なら、見学ぐらいさせてやるか」

「やめとけ、やめとけ、刺されるぞ」

また爆笑。

サーヤと兵士たちが門番の横を通り過ぎる。

その間際《まぎわ》、兵士の一人が口を開く。

「じゃあな。ちゃんと、姫様とやらも楽しませてやっから」

ここまで人は醜くなれるのか？ そう考えさせるほど醜悪な顔で、すれ違いざまに門番を嘲《あざけ》る。

なにかが、切れる音が聞こえた気がした。

門番の表情が消える。

まずいな、わかりやすく怒ってくれたほうがまだマシだ。

人の怒りが臨界を超えたとき、憤怒を浮かべるのではなく、むしろすべての感情が消える、今の彼がそれだ。

無表情のまま、一切《いっさい》の逡巡《しゅんじゅん》も躊躇《ためら》いもなく、腰の剣を引き抜いて、門番はサーヤの肩に手を回している男を背中から斬《き》った。

「痛っ、あれ、これ、俺の血、ぎゃああああああああああああ!!」

血を吹き出しながら、男が絶叫し転倒する。

手練《てだれ》であろうと、あの至近距離でここまで思い切った攻撃であれば、対応できない。

しかも、あの門番は魔力を込めた一撃を食らわせている。

やってしまった。

これはもう、どうにもならない。

「てめえ、てめえ！　俺にこんなことして、どうなるかわかってんだろうな‼」

「黙れ、息をするな。死ね」

門番は冷めた目のまま、倒れた兵士に剣を突き立てようとするが、残りの三人はもう剣を抜いて動いている。

「よくもマイクをやりやがったな！」

「八つ裂きにしてやる！」

もう、手段を選んでいられない。

すでに矢を装塡《そうてん》しているクロスボウで射撃する。

二人の魔力持ち、そのうちの一人の側頭部を貫き即死させる。

しかし、あと二人が間に合わない。あの門番は剣の技量は並だ。殺されてしまう。

そう思っていたが、違った。

残りの二人に無数のクロスボウの矢が降《ふ》り注《そそ》ぐ。

あれは、俺が作らせたクロスボウ。

そして、放ったのはドワーフたちだ。周囲の家のドワーフたちが窓を開け、狙撃《そげき》したのだ。

これだけうるさくしていれば起きるし、起きていれば、何が起こっているかは把握できる。

ドワーフたちはこの現状、つまりは兵士に手を出せば移住計画がぶち壊しになるとわかっていて、矢を放ったのだ。

サーヤ、そしてサーヤを助けようとした門番を助けるために。

「……死んでいてくれよ」

全滅ならいい、助けを呼ばれることはない。

しかし、注意深く見ると一人だけ矢が急所を外れたのか、まだ生きている。これはまずいな。

早く殺さないと。

そう思い、建物の陰から飛び出しつつクロスボウを放つ。矢は心臓を貫くが一歩遅かった。

心臓《や》を貫かれながらも、兵士は胸元《むなもと》から取り出した笛を吹き続け、甲高《かんだか》い音が響き絶命して音が止む。

兵士たちの宿舎の窓が開くと、留守番していたものが五羽の鳩を放った。

それはウラヌイの砦《とりで》へ向かっていく。

「ちっ、早馬じゃなくて伝書鳩か」

もうすでに鳩は天高く飛び立った。

どれだけ頑張っても、あの鳩には追いつけない。

おそらくは緊急時にはこうする決まりだったのだろう。

あの笛を合図に、伝書鳩で増援を呼ぶ。

……しかも、前倒しで貴族が来るなら、その警護のために、今日には精鋭が砦には常駐している。

すぐにでも、反乱を起こしたクロハガネの鎮圧に来る。

移住計画が一気に瓦解《がかい》した。

「すぐに次の手を」

落ち込んでいる時間はない。

もう、今すぐ逃げるしかない。

どうすればいいか、今ここで答えを出さないと。

サーヤが俺を見て、泣きそうな顔をしていた。

彼女も事態の深刻さに気付いたようだ。

「なんで、こんなことしたんですか？」

それは俺じゃなく、門番に向けられたもの。

「姫様が、あんなやつらに弄ばれるのががまんできなくて」

「そのせいで、クロハガネのみんなが、危なくなったんですよ！　いつもみたいに私が我慢すれば、なんとかなったのに！」

サーヤが感情をぶつける。

それは怒りだ。

「はい、わかってます。それでも、私は姫様だけに辛《つら》い思いをさせるのはもうたくさんなんです！　俺たちだって戦える。俺たちは、いや俺は、姫様に守られているなんて嫌だ！　姫様を守りたい！」

門番は引かない。

その叫びは心の底からのものだった。

周囲が騒がしくなる。

次々にドワーフたちが家から出てくる。

クロスボウを持ったものもいた。

「俺たちも同じ思いです。俺らは姫様に甘えすぎました。俺らにも戦わせてください」

「やばいってのはわかってます。でも、そいつがしたことは間違ってない。俺だってそうする」

「わしらが故郷を捨て、移住を決めたのは、姫様に笑ってもらうためじゃ。姫様の笑顔に励まされて耐えてこられた。じゃがのう、わしらだって姫様が無理をしていることぐらい気付いている。のう、お願いじゃ姫様。そろそろみんなじゃなくて自分のことを考えてくれ」

次々にサーヤに声をかける。

誰《だれ》一人、計画をぶち壊した門番を責めはしない。

そうか、彼らもわかっていたんだ。

常に笑っていたサーヤが無理をしていたことを。

すんなり移住を認めたのを不思議に思っていたが、それがサーヤのためだと考えると納得できる。

サーヤが涙を流す。

無理をして笑い続けていた彼女、民の前では一度も泣かなかった彼女が、その本心を見破られたと気付いて、初めて泣いた。

「……ばれちゃってたんですね。恥ずかしい。そのごめんなさい。だから、本心を言っちゃいます。本当は、連れていかれてひどいことされるのがとってもとっても怖かったんです。だから、こんな状況になっても、ほっとしちゃってるんです。軽蔑《けいべつ》しますか？」

ドワーフたちが首を振る。

ああ、本当にサーヤは愛されている。

だが、感傷に浸っている時間はない。

俺は一歩前に出る。

「みんな、聞いてくれ。二日後の夜に出発予定だったが、今すぐ出発する。全員、今すぐドックの船に向かえ！　荷造りはいい、追っ手が来る前に早く！」

時間がない。

もう助けを呼ばれてしまったのだから。

「あの、ヒーロさんは？」

「俺は当初の予定どおり、道を潰《つぶ》してくる。助けはもう呼ばれたが、やつらがあの道を通るまでに道を潰すのはまだ間に合う。そうすれば、ほとんどの奴らはここまでこられない。ついでに、潰した道を越えてきた奴も足止めしてみる」

あの砦には『まともに剣で打ち合えば』一対一ですら俺が勝てない相手もいる。しかし、手がないこともない。

最悪の事態に備えた手も用意してある。

問題は、別任務を任せていたヒバナをどう呼び寄せるか。

この状況でヒバナ不在は痛すぎる。

そんなふうに悩んでいると、屋根の上から一人の女性が飛び降りてくる。

「驚いたわ。帰ってきたら、こんなことになっているもの」

「ヒバナか、よく帰ってきてくれた」

「間に合わなかったけどね。道の崩落と足止めは私がやるわ。私のほうが適任よ……ヒーロはサーヤたちについて行ってあげて。護衛だって必要でしょう」

「悪いな」

「私は私の仕事をするだけよ」

ヒバナが来てくれたおかげで、成功率が格段に増したが、当初の予定よりもずっと状況が悪いのは変わらない。

それでもなんとか全員、移住先に送り届けてみせる。

じゃないと後味が悪い。

好きな女のために勇気を出した彼のせいでドワーフたちの移住が失敗するなんて、そんな胸糞《むなくそ》悪い展開は俺が許さない。

必ず、ハッピーエンドで終わらせてみせる。

予定を前倒して、逃走を始める。

もはや、秘密裏、こっそりなんて言葉は消え去った。

みんな着のみ着のままで、荷造りはしない、荷物は目についたものを適当に突っ込んだカバンひとつで出る。

……移住先では雨露を凌《しの》げる住居の数は足りず、食料も一日で俺《おれ》とヒバナが用意できたのは四日分だけ。節約すればなんとか一週間は持つだろうが心もとない。

それでも動くしかない。

ここで動かなければ、いずれは大増援が押し寄せ、多くの死傷者が出る上、今までの数倍監視はきつくなり、締め付けも厳しくなる。

そして、間違いなくサーヤは連れ去られてしまう。

もとより、明日に変態貴族とやらが迎えに来る予定だったらしいが、万が一にも彼女を逃さないようにと考えるはずだ。

兵士たちがいるであろう宿舎をにらみつける。


第二十話●転生王子はクロハガネを出発する

「あいつらは、いつまで様子見をするつもりだ？」

増援を呼ぶ伝書鳩が飛び立ったのは見た。

問題は、クロハガネ内にある宿舎にいる連中だ。

クロハガネの監視は、交代での二十四時間制だ。

表に出ていた連中とほぼ同数が宿舎で身体《からだ》を休めている。

そいつらが増援の到着まで宿舎に籠城《ろうじょう》するつもりか、あるいはそのまま追いかけてくるか。

それで対応が変わる。

今のところは、窓からこちらを監視しているようだ。

……そうなるだろうな。

あの大人しいドワーフたちが人間を殺した。

元より、こんな少人数で全員が魔力持ちのドワーフを押さえつけられたのは、彼らが大人しく、争いを嫌う性質があったからこそ。

もし、ドワーフたちのたがはずれれば、四、五人程度で鎮圧しようとするのは自殺行為。

彼らにそんな勇気はない。

なにせ、こうして目の前にはドワーフが殺した死体が転がっているのだから。

「サーヤ、避難を任せる。俺が作らせたクロスボウを装備させて、いつでも放てるように指示を出してくれ。これから、戦いになる可能性が高い」

「はいっ！　すぐに！」

二百人が急遽《きゅうきょ》の前倒しで街を出るのだから時間がかかる。

俺は宿舎を見ながら、そちらに向かって歩く。

仕掛けを発動するために。

今の所、籠城と監視を選択しているが、いつ気が変わるかわからない。

だから、潰《つぶ》す。

宿舎の地下は巨大な空洞で、罅《ひび》が入った柱で支えられている。

重要な柱の芯《しん》にしていた金属棒を地上まで伸ばしていた。

浅く土を掘り起こし、その金属棒に触れる。

錬金魔術を使用し、金属棒を超高速振動させる。それは地下の柱まで届き、芯、つまり柱の内側が高速で揺れる。

そうなれば、脆《もろ》く作った外側は簡単に砕けていく、最後に金属棒を分解しながら引き抜く。

それがとどめになり、折れた。

俺は後ろに飛ぶ。

大きく揺れる。

重要な柱が折れたことで、他の脆い柱の負荷が増え、連鎖的に崩壊。

巨大な空洞を支えるものがなくなり、必然沈む。

冗談のように、目の前の宿舎が消えた。

地中深くに真っ逆さま。

凄《すさ》まじい轟音《ごうおん》が鳴り響き、その衝撃で宿舎は崩落。天井《てんじょう》も壁も崩れる。

下と上、両方からの衝撃を受け、生き埋め。

たとえ、魔力持ちであろうと生きてはいまい。

「……おまえたちはやりすぎたんだ」

手を見ると震えていた。人を殺したという実感がわいてくる。

後味が悪い。

言葉にできない気持ち悪さが心臓を鷲掴《わしづか》みにする。

しかし、後悔はない。

必要だったんだ。

きっとこれから、こういうことを繰り返していくのだろう。

一通りドワーフたちに指示を出し終わったサーヤが駆け寄ってくる。

サーヤが指示を出したのは、リーダー格のドワーフたちばかりで、うまく逃走の準備を進めてくれている。

「話には聞いていましたが、凄まじいですね」

「じゃないと魔力持ちの兵士は殺せない。今のがいい目覚ましになったはずだ」

「ええ、間違いなくみんな起きましたね」

今までの騒ぎでも寝ていた猛者《もさ》も、轟音と地震で起きただろう。

あとは時間との勝負だ。

……増援が来る前に、どこまで距離を稼げるか。

◇

クロハガネの街をすべてのドワーフが出るのに半刻《はんとき》の時間を要した。

やはり突然の前倒し、それも深夜というのが響いている。

むしろ、これだけ速やかに出発できたのは僥倖《ぎょうこう》と言っていい。

普通は少しでも多くの資産を運び出そうという者が現れるものだ。お互いを思いやり、自分と隣人の命を第一に考えているからこそ三十分で出発することができた。

老人、子供を真ん中にして前と後ろにクロスボウを持った屈強な若者を配置する。

剣を知らない彼らでも、クロスボウならば使える。

出発も遅いが歩みも遅い。

大所帯かつ、夜の森で誰《だれ》一人はぐれないように気を使っているせい。

俺がいるのは殿《しんがり》だ。

一番危険な場所だからこそ、俺がいる。

この中では一番強い。

バッグの中にある武装を確認する。俺は剣士としては一流止まりで、ヒバナたちのような超一流には劣る。

だから、その弱さを埋める武器を用意してある。

おおよそ量産には向かない、ワンオフの装備だがその強さは折り紙付きだ。

できれば、使いたくないが自身と俺を信じてついてきた者たちのためなら、迷わず使うつもりだ。

そして、そんな危険な殿にはサーヤもいた。

「お姫様がここでいいのか？」

「そんなこと言ったら、王子様がここにいるじゃないですか」

「違いないな」

「こう見えて、ドワーフの中じゃ一番強いんですよ」

だろうな。圧倒的な炎魔術と土魔術の使い手だ。

ドワーフたちは鍛冶《かじ》にしか使っていないが、その実、人を害することに使っても輝く。

「俺から離れるなよ」

「あっ、今の台詞《せりふ》、ちょっとどきっとしました」

「……案外余裕があるんだな」

「余裕なんてないですよ。余裕がないときほど、冗談を言っちゃう性格なんです」

ずっと辛《つら》くない振りをしていたからこそついた習慣なんだろう。

辛いときほど笑う。

それが彼女の生き方だ。

「あっ、でも、ちょっとは本心ですよ。不思議とヒーロさんと一緒にいると安心するんです」

「それ、あの門番の前では言うなよ。泣くからな。惚《ほ》れた女のために命を賭けるような奴だ」

彼の男気に免じて、一分の一、サーヤ人形はプレゼントしてもいいと思ってしまった。

あれは今、ドックの倉庫にある。影武者としての仕事を終えた以上、ああいうものが見つかるのはまずい。

しかし、廃棄するにしてもサーヤに似すぎてためらわれて、結局倉庫に置くことにしたのだ。

「そうですね。でも、気持ちには応《こた》えてはあげられません。彼のことは好きなんですが、どうしても近所のお兄さんとしか見られないんです」

そう聞いてどこかほっとしている自分がいる。

……サーヤとそういう関係になるつもりはないんだが、いつの間にか意識してしまっているのか。

「じゃあ、俺はどう見えてる」

だから、そんな言葉が漏《も》れてしまった。

一歩間違えれば関係を悪化させて不信感を持たせる言葉。

あくまでビジネスライクでないといけない、なにせ、俺はドワーフたちを救おうとしている恩人であり、ある意味でドワーフたちを人質にとっているようなものだ。

もし、それをたてにすれば簡単に彼女を手に入れることができてしまうし、そんな脅しをしなくても、恋人になってくれなんて言えば、お互いにそんなつもりはなくとも自然にそうなってしまう。

絶対に断れない相手に愛を囁《ささや》くのは卑怯《ひきょう》者のすることだ。

だからこそ、俺たちの関係は契約によるものじゃないといけない。

「ヒーロさんは、白馬の王子様ですね」

「また、冗談か。まったく、いい性格しているよ」

微笑する。

なにせ、俺は本物の王子様だ。

サーヤがうまく流してくれて助かった。きっと、俺の内心を読んだからこそ、このチョイスをしたのだろう。

このままじゃ、変なことを言ってしまいそうだ。

話を変えよう。

「ヒバナがうまくやってくれているといいが」

「きっと大丈夫です。ヒバナさんはすごく頼りになる人ですから」

「そうだな。誰よりも信頼できる」

このペースなら、なんの障害もなければ魔力持ちは追いつけてしまう。

可能な限り、足跡などの痕跡を消しているがそれも大した効果はあげないだろう。これもまた、大人数での移動の弊害。一人二人ならともかく、この人数では消しきれない。

すべてはヒバナにかかっているのだ。

第二十一話・騎士は役目を果たす

～ヒバナ視点～

ヒバナは闇《やみ》の中を疾走していた。

敵に見つからないよう灯りはつけていない。しかし、その足取りに一切《いっさい》の迷いはない。

たとえ闇の中でもヒバナには〝見えている〟。

ウラヌイからの増援を塞《ふさ》ぐために、爆破《ばくは》ポイントに向かう。

彼女が道の崩壊を請け負った理由は二つある。

一つ、彼女が誰《だれ》よりも速いこと。

伝書鳩で増援を呼ばれた以上、一刻の猶予もない。少しでも目的地へと早くたどり着けるものが行くべきだ。

二つ、当初の予定と違って増援を呼ばれたあとに道を潰《つぶ》すことになってしまったため、敵との遭遇が予想されること。そうなると戦闘力に優れるヒバナでなければならない。

「……大貴族がサーヤに執心していて、しかも明日の早朝到着予定というのはまずいわね」

突如現れたイレギュラー。

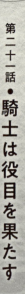

それがまずい。

早朝にクロハガネにやって来るなら、すでに砦《とりで》にいるはずだ。

執心している以上、万が一にもサーヤを失わないよう動く、だから敵は普段以上に対応が早い。

それだけでなく、大貴族が直々《じきじき》に迎えにきているのなら、その護衛もいる。

大貴族の護衛であれば、間違いなく最精鋭。

先日の斥候で戦力をチェックしたときには、一対一で自分を凌駕《りょうが》する騎士は一人も存在しないと確信した。

しかし、今日はそうじゃないかもしれない。

「ふう、とんだ貧乏くじね。ヒーロにはあとで文句を言ってやらないと」

別に不満をぶつけたいわけじゃない。

ただ、それを口実に甘えたいだけだ。

最近、ヒーロはサーヤにご執心だ。間違いなく、気に入っている。

恋とはちょっと違うけど、そっちに振れてもおかしくない。

ヒーロとサーヤは波長があっている。

そして、サーヤのほうはヒーロに淡い恋心のようなものをいだき始めている。

誰よりもヒーロを見ている自分だからこそ気付いた。

『私だけを見て』

そんなことを言う権利もないし、言う気もない。

だけど、ヒーロの中で自分が薄れていくのがどうしようもなく、胸がざわつく。

「……せめて、化粧でもしようかしら？」

自分には女の子らしさが足りない。

サーヤは自分と違って、お洒落《しゃれ》も化粧もしてない、趣味も物づくりなのに『女の子』だ。

ああいう振る舞いはできない。

だけど、形だけは女の子らしくしてみるのもいいかもしれない。

ヒバナは首を振る。

いったい、この状況で自分は何を考えている。

任務に集中しないと。

ようやく、爆破ポイントが見えてきた。

今の所、敵と遭遇していない。

今、あそこを潰せればヒーロたちは安全に逃げられる。

ラストスパートでペースをあげる。

しかし……。

「うそでしょ」

軽装の魔力を持った騎士たちが次々と爆破ポイントを突破していく。

早馬すらなく、己《おのれ》の足で疾走。つまりは馬を使うより、そちらのほうが速いほどの身体能力を持つ実力者。

合計、八人。

向こうが灯りを用意しているおかげで、鎧に刻まれていた大仰な紋章に気づけた。

鎧に紋章を入れるのは、貴族の子飼い騎士の証明。

あれは、サーヤをさらいに来た大貴族の直属で間違いない。

向こうもヒバナを見つける。そして、一瞬の躊躇《ためら》いすらなく剣を抜き、ヒバナを睨《にら》み、向かってくる。

その時点で並じゃない。

判断の速さというのはある実力を示す重要なバロメーター。

ヒバナは深呼吸する。

敵は強い。速度、身にまとう魔力、剣を抜く所作、走りながらでも隙《すき》を見せない技術。

とくに先頭を走る男は頭一つか二つ抜けている。

おそらく、自分と互角かそれ以上、さすがにカルタロッサ最強のタクム王子には劣るとはいえ、キナル公国の黄金騎士にも匹敵《ひってき》する。

残り七人はただの精鋭なのは救いだが、絶望的な戦力差だ。

このままだとあと五秒で剣の間合いに入る。

ヒバナはその五秒のうち、二秒を自分が何をするべきかの思考に使い、一秒で呼吸を整え、一秒で構えた。

そして、最後の一秒で先頭を走る、もっとも強い男に切りかかった。

最後の一歩で大きく踏み込み、神速の踏み込みから神速の抜刀術に繋《つな》げる自らの最速の剣。

実力差があるからこそ、手の内を知られていない初手に全力を叩《たた》き込《こ》む。

しかし、その雷のような剣すら余裕をもって受けられてしまう。

そのまま鍔迫《つばぜ》り合いになるが、力負けしている。

『やっぱり強いわ。うん、勝てない』

ヒバナは確信する。

力を抜き、相手の押し込みを透かすようにして、相手を軸にして背後に回り込む。

男は背後からの斬撃《ざんげき》に対してすばやく防御の準備をするが、ヒバナはそのまま駆け抜け、先へ行く。

剣では敵《かな》わなくても速度では勝る、一度後ろを取れば追いつかれはしない。

『普通に戦っても百パーセント勝てない。普通に戦わなくても、八対一。どうやったって殺されるわね』

その予想は間違っていない。

もし、あのまま戦っていたなら五分もしないうちにヒバナは殺されていただろう。

だから、ヒバナはできることをすると決めた。

なによりも当初の予定である、道の爆破を優先する。

彼らは行かせても、それ以上の増援は止める。

そして、もう一つヒーロのために策を弄《ろう》する。

全力で走りながら、ポーチから爆弾を取り出し、着火して投擲《とうてき》。

ヒーロが仕込みをした爆破ポイントに寸分違《たが》わず着弾し、爆発《ばくはつ》。

がけ崩れで土砂が流れ込み、道が完全に潰れる。

そうして、崩落した道の前で立ち尽くす。

「うむ、これが君の狙《ねら》いであるか。こうされては我らだけでことにあたるしかない。いい判断だ。私の部下に欲しいぐらいだ」

八人の精鋭騎士、そのもっとも強い男だけがヒバナを追い、残り七人はクロハガネに向かった。

「あそこであなたたちと戦っても勝てない。だから、クロハガネに向かう戦力を少しでも減らすことにしたの」

「そして、自身を追わせることで、我らの足止めをすることも考えた。残念だったが、そこまで私は甘くない。君の相手をするのは私一人だ。部下たちが反乱を鎮めるだろう」

ヒバナは笑う。

なぜなら、彼女は失敗なんてしていないのだから。

「いいえ、狙い通りよ。あなたたちはご主人様のため、サーヤの確保を優先する。私を全員で追うなんてありえない。でも、私を放置することもありえないわ。なにせ、あなたなら私の危険性は理解できるもの。最強のあなたが〝一人〟でここに残ると確信していたわ。それこそが私の狙い」

そう、あえてヒバナが最初の一撃で自らの力を見せつけたのは、己の力を示すことで、自分を無視させないため。

少しでもヒーロたちの負担を減らすために。

「……ふむ、やられてしまったか。君の言う通り、私が一人で残る以外の選択肢はなかったよ。君を捨て置けば足を掬《すく》われる、そして君に勝てるのは私だけだ」

「ええ、それ以外はないわ」

クロハガネに強者はいない。

鎮圧に必要なのは質より数、であるなら、ヒバナに勝ちうる最高の質をこちらに、クロハガネに数をさくのは必然。

「よくやる。もっとも危険な私の足止めに自らを捨て石にするとは。気に入ったよ。その剣の腕、判断力、献身。ここで殺すには惜しい。どうだ、私の部下にならないか？　あんな小さな集落のために剣を振るっているのだ、碌《ろく》な待遇ではあるまい、最高の待遇を用意させよう」

最精鋭の騎士は称賛と共に、手を伸ばす。

「あなたは二つ勘違いしているわ。一つ、別に私は捨て石になるつもりはないの。一対一の状況を作ったのは、あなたを確実に潰すためよ。二つ、あなたに最高の待遇なんて出せるわけないでしょう？　私は世界で一番素敵な国で、世界で一番素敵な男の側《そば》にいるのよ」

ヒバナは戦場での猛《たけ》りと、愛《いと》しい人への想《おも》いを混ぜた、彼女にしかできない笑みを浮かべる。

「どうやら買いかぶり過ぎたようだ。実力差すらわからない未熟者とはね」

「あなたが私より強いことぐらいわかっているわ」

なんでもないことのように、あっさりとヒバナは認める。

「……なら、なぜ私を殺せるのかね？」

「私を強くしてくれる人がいるから」

「精神論か。ますますつまらない」

「違うわよ。戦ってみればわかる。一つだけ、いいことを教えてあげるわ。私、あなたよりずっと強い人を知っているのよ」

カルタロッサ、第一王子タクム・カルタロッサ。

眼《め》の前にいる男は強いが、あの化物《ばけもの》に比べたら可愛《かわい》いものだ。

「だから、なんだというのかね」

「あの人と力を合わせれば、その男にすら勝てる。だから、……あなたになんて負けるはずがないの」

さきの一撃はあえて魔剣ではなく予備の剣を使った。

だからこそ、受けられた。

魔剣であれば、受けた剣ごと〝切り裂いて〟いた。

この男を誘い出すための芝居。

一対一なら勝てると思い込んでもらえないと困る。

不意うちで手傷を与えるより、最速で道を崩落させつつ、この状況を作るほうが確実だと判断した。

ヒバナは本当の愛刀を引き抜く、あの人がくれた、魔剣花火。

ヒバナのためだけに作られた、彼女の剣。

この剣を振るうとき、彼女は世界最強すら凌駕する。

ヒーロの魔剣とヒバナの剣技。感情なんて割り込む余地がない、純然たるリアル。

いや、違うかもしれない。

そういうリアルの上に、ちゃんと気持ちも乗っている。

だって、この剣を振るうたびにヒーロを感じて、強くなれるそんな気がするから。

さあ、剣を振るおう。

眼の前の男を倒して、一秒でも早くヒーロのもとに駆けつける。
それこそが、ヒーロの騎士たる自分の役目だから。

第二十二話●騎士は切り裂く

二人の剣士が対峙《たいじ》している。

一人はカルタロッサ王国次期国王の近衛《このえ》騎士ヒバナ。

もう一人はウラヌイの大貴族が抱《かか》える騎士団の筆頭。

「少女よ、かかってきなさい。殺しはしない。それだけの才能を斬《き》り捨てるのはあまりに忍びない。捕虜にしよう。これからのことは治療しながら考えるといい」

「ありがたいわね。でも、舐《な》めすぎではないかしら？」

殺さずに無力化するには、大きな実力差が必要。

「私にはそれができるよ。私のためにそうする。今の君は物足りないが、鍛え上げれば、私が強くなるための肥やしになる。強くなりすぎるのも考えものだね。……練習相手すらいやしない」

男が剣を抜いた。相当な業物《わざもの》ではあるが魔剣ではない。

ヒバナは苦笑する。

言い返せないからだ。

……私はまだまだ弱い。

眼の前にいる男に大きく劣る。

認めたくはないが、それは事実だ。

自分に才能はあると自負している、もし、キナル公国にいれば、いずれは黄金騎士に到達していたという確信がある。

頂点の三騎士にも届いたかもしれない。

だけど、現時点では黄金騎士予備軍程度。

どれだけ才能があろうと、自分は十四歳。

身体《からだ》が成長しきってない、鍛錬が足りない、実戦経験が少ない。

今の私は最強の剣士となりヒーロに仕えるという約束を守れていない。

彼の騎士にふさわしくない。

でも、その現実を真正面から受け止める。

足りないものがあると自覚した上で、足りないものをヒーロの力と己《おのれ》の策で補う。

実力不足は認めても、負けることを許さない。

だから、剣の力以外を使う。

それは剣士としては邪道。

邪道を進んでも、あの人のために勝つ。手段を選び、正道にこだわるのは強い者だけに許された贅沢《ぜいたく》。

私は騎士の誇りを守るより期待に応《こた》えたい。

今はそれでいい。

でも、満足はしていない。

強くなり続ける。

タクム王子に鍛えてもらい、ヒーロと旅をして経験を積む。

才能と最高の環境、その相乗効果でいずれは最強の剣士となり、いつか約束を果たす。

「……ふうっ」

息を充分に吸ってから止める。

周囲の空気が張り詰める。

数秒後には戦いの火蓋《ひぶた》が切られることを、お互い理解しているからだ。

いくら見ても隙《すき》はない。

このレベルになると隙は見つけるものではなく、作るもの。

そうはいっても、先に仕掛けたほうが若干不利なのも事実。

だが、行く。自分より技量の勝る相手に先手を取られたら、ペースを握られジリ貧になる。

静止状態から、神速での踏み込み。

互いの距離は五メートルあった。

しかし、その程度の距離は一歩で潰《つぶ》せる。

身体能力強化に特化したカルタロッサ王国の魔法術式、加えてヒーロによってもたらされた加速する防具を使う。

体内電流の増幅・加速により、動体視力・反射神経を極限まで上昇。

ヒバナは時間がゆっくりと流れるように感じていた。

その速度は、先に見せた一撃のさらに上。

いかに実力者であっても、いや実力者だからこそ、一度目に放った最速を脳に刻んでいる。

そのギャップをつく。

これも実力差を埋めるために打っていた布石。

神速の踏み込みと神速の斬撃《ざんげき》を錬金術によって生み出された防具でさらなる加速。

三重の神速を合わせた、ヒバナの切り札。

必殺足り得るよう、磨き続けた最高の技なのだ。

相手は何をされたかもわからないまま斬《き》り伏せられる。……はずだった。

「……っ」

その目にも止まらない剣に防御が間に合っていた。

目の前の剣士は、この超神速が見えているわけじゃない。

それでも反射的に動いた。

超一流剣士の勘とでもいうのか。

『それでも行く』

迷いなく、剣を振り切る。

魔剣花火と、男の剣がぶつかり合い、キィンと軽い音が鳴り、剣を断ち、そのまま剣は男を切り裂く。

これはすべて必然、剣の格が違いすぎる。

この結末は決まっていたのだ……回避やカウンターを許さず、受けるしかない技を放った瞬間に。

もし、素の最速を見せていなければ、もし、魔剣やインナーの性能を気付かれていてはこうはならなかった。

すべては計算尽く。

弱さを認めたからこそ、この結末までの道筋を組み立てられた。


血を撒《ま》き散らしながら男が仰向《あおむ》けに倒れ、ヒバナは魔剣を鞘《さや》に収めつつ、身体への負担が大きいインナーでの強化を解く。

ヒバナはヒーロの元へ向かった七人の騎士を追いかけようとし、その背中に男が声をかける。

「それが、主から授《さず》かった力か。なるほど、たしかに強い。私の負けだ」

「驚いたわね。生きているなんて。私もまだまだね」

ヒバナは切り伏せたシーンを思い出す。

あの一瞬、この男はわずかに重心を後ろに傾けた。剣を叩き切られてすぐにだ。

そのおかげでわずかに浅くなった。

ヒバナですら、動体視力を強化していなければ知覚できない、刹那《せつな》の時間に、その男はそれを為《な》した。

今更ながら脂汗が背に伝う。

勝てたのは奇跡だ。

「取引をしよう。治療してくれ、そうしてくれれば、私は君の主に仕えよう。私の剣は買いだと思うよ」

今、この瞬間も血が流れ続け、男は冷たくなっている。

こうして口を動かすだけでせいいっぱいで、血を止めることすらできないようだ。

放って置けば、二、三分で死ぬだろう。

「騎士のくせにずいぶん尻軽《しりがる》なのね」

「元より、剣を極《きわ》めるべく旅をする剣士。ここには剣の腕を買われて長居しただけなのだよ。少々退屈していたのだ。次へ行くのも悪くない」

「治療して、背中から斬られない保証は？」

「そんなものは存在しないよ。だが、我が剣に誓う。君個人にとっても悪い話ではない。ハリボテの強さで私に勝てて満足か？　私ならお前に技を与えてやれる」

ヒバナは息を呑《の》む。

それはあまりにも魅力的な提案だった。

技を盗む相手としてカルタロッサ王国にはタクム王子がいる。この男より彼は強い、だけど剣の種類が違う。

タクム王子のものは剛剣。しかし自らの剣は柔剣であり、目の前の男もそう。

その技を知りたい。

「条件の追加をさせて。私の国を旅の終着点にすること」

「強さを求め、世界を回る私に、それはあまりにも酷ではないかね？」

「なら、ここで死になさい」

この条件は、彼を逃さないためというより、カルタロッサ王国の秘密を外に持ち出させないためにある。

絶対に譲れない。

「仕方ない。受けよう。君の国はそうするだけの価値がありそうだ」

「その取引、受けるわ。でも、覚えていて。もし、私の主、ヒーロを裏切ったら、そのときは殺すから」

「わが剣に誓ったのだ。約束を違いはしない」

ヒバナはヒーロから預かっていたポーションを取り出し、傷口にかける。

すると傷がふさがり血は止まる。

普通の薬ではこうはいかない。

「その剣、この薬、ああ、君の主が何者かわかってきたよ」

「傷は塞《ふさ》いでも、それだけ血を失ったのなら動けないはずよ」

「ふむ。だが、その薬は傷口を塞ぐだけでなく、肉を作る栄養も与えてくれたようだ。私なら二時間も休めれば動けるようになる」

男はそう言いながら、どこからか干し肉を取り出し、寝そべったまま食らう。

血を作る足しにしようとしているのだろう。

ヒバナは自分が持っていた、燻製《くんせい》魚も彼の手の届くところに置いて、手紙を渡す。

「夜明けにここへ来て」

「承《うけたまわ》った」

ヒバナが渡した地図に書かれているのは、なにかしらのトラブルがあり、船が出発するまでに合流できなかった場合に落ち合うことになっている場所。

その場合は、小型船でヒーロが迎えにくる手はずになっていた。

「これで治療は終わり。私は約束を果たした。あなたもそうして」

「守ろう。雇われ剣士は信用第一、契約は必ず守る。それに、私は君の主にひどく興味がわいた。ただしくは、彼が作る剣にだがね。……長く世界を旅したがそれほどの剣は見たことがない。触れてみたいじゃないか。それに、君が言った私よりも強い剣士というのも興味がある。私はここ何年も自分より強い剣士なんてものを見たことがなくてね、練習台に飢えているのだよ」

紳士然とした男の目がぎらぎらと輝いている。

この男は力に飢えた剣士なのだとヒバナは気付く。

いや、その本質は少し前からわかっていた。だからこそ、自分のために契約を守ると判断し、治療したのだから。

「私を殺して剣を奪いそうな勢いね」

「それはないよ。その剣は、君のためだけに作られた剣。私が振るっても力を発揮せぬよ」

ヒバナは息を呑む。

この男、そこまでわかるのか。

「……それより、急ぐといい。我が部下はそれなりに強いぞ？　あれらは君に比べれば凡人もいいところだがね、私が二年鍛えた」

「ご忠告感謝するわ。それとね、忠告のお礼に教えてあげる。あの人も強いの」

その言葉を最後にヒバナは走り出す。

ヒバナがこの状況を作り出したのは一対一でなければ、この男を確実に倒すことができないからではあるが、同時にヒーロなら彼の部下七人を対処できるという信頼だ。

剣士としてのヒーロは一流以上、超一流未満であり、彼の部下より少し強い程度。

だけど、錬金術師として切り札を使うヒーロは自分ですら敵《かな》わない。

〝アレ〟はそれぐらい、理不尽で圧倒的な暴力だ。

第二十三話・錬金術師は追いつかれる

クロハガネの面々を連れての逃走はやはり時間がかかる。

どうしたって集団が大きくなればなるほど、足並みが乱れてしまうからだ。

しかも、完全に日が落ちている上、敵に気づかれないように魔力灯も最低限というのも厳しい。

頭痛がしてきた、殿《しんがり》をやっていることで神経を使っているせいだ。

殿は後ろを気にしつつ、前も離脱者がいないかを気にしながら進むためひどく疲れる。

ついでにひどく物騒なことをしていることも疲れに拍車をかけていた。

……とはいえ、やっと終わりが見えてきた。

そろそろ、秘密ドックへ繋《つな》がる地下通路へ先頭グループが到着する。

一度、地下の扉をくぐってしまえば、追跡に怯《おび》える必要もない。

「ここ数日の余った時間で地下通路を伸ばしておいて良かったな」

「はい、ゴールまでの距離が近くて助かります！」

いっそクロハガネと秘密ドックを直結するなんて計画もあったのだが、そこまでの長距離トンネルを作るのは俺《おれ》でもかなり時間がかかるのと、俺たちが逃げたあとに秘密ドックまで敵を案内することになりかねないというのもあり、この形になった。

「そろそろ、ヒバナが道を潰《つぶ》してこちらに向かっている頃だ」

時計を見ると、ヒバナと別れてから結構時間が経《た》っていることに気付く。

「ヒバナさんのことが心配ですか？」

隣にいるサーヤが話しかけてくる。

「心配はしていない。ヒバナなら必ずやるべきことをやって、絶対に帰ってきてくれる」

ヒバナが最強だとは言わない。

彼女の強みはその冷静さだ。

自身と相手の力を瞬時に把握し、絶対に帰還することを念頭に置いた上で最大限の戦果をあげてくれる。

強いだけで無謀な騎士なら、俺は単独行動を許しなどしない。

「羨《うらや》ましいですね。そういうお互いのことを信じあっている関係」

「付き合いが長いからな」

そう言っていると、背後から爆音が聞こえた。

「きゃっ、敵の攻撃ですか⁉」

「敵が近づいているのは間違いないが、俺の仕掛けた罠《わな》が発動しただけだ」

「地雷という武器で、踏み抜いたらああやって派手に爆発《ばくはつ》する。魔力持ちだろうが、足一本は持っていく」

「そんな物騒なもの、クロハガネの近くに仕掛けていたんですか⁉」

サーヤが非難を込めた目で見ている。

無理もない、そんなことをすればクロハガネの民が吹き飛んでもおかしくない。

「勘違いするな。仕掛けたのはついさっきだ。こうやって殿をしながら、ばらまいてるんだよ」

「ああ、さっきからちょくちょく置いていたのそれだったんですね。でも、それって追いかけてくるヒバナさんも危なくないですか？」

「ヒバナには仕掛けることを言ってるし、見分け方も教えているから安心だ。地雷はいいぞ。これほど凶悪な罠はない」

地雷というのは、逃走中に於《お》いて最強クラスの罠となる。

一つ、設置が極《きわ》めて楽だ。

錬金魔術を併用すれば、設置に三秒ほどしかかからない。

二つ、命を取らずに足を吹き飛ばすという点。

殺してしまえば、罠にかかったものしか動きを止められないが、すぐに手当をしなければ命を落としかねない重傷であれば、治療のために、人員を割《さ》かせることができる。そして、片足を失った兵は自分では動けず、いい重りになる。

三つ、作りが単純で生産しやすく、なおかつ安価。

だからこそ、俺の世界の戦争では大活躍した。

四つ、地雷が一度でも発動すれば敵の足が鈍る。

誰《だれ》だって足を吹き飛ばされたくはない、地雷が埋まっていないかを確認しながら進むことになり、著しく追跡ペースが落ちる。

……というのを、サーヤに説明する。

「えげつないですね」

「非人道的だ。使いたくはないが、手段を選んでいられるほど余裕がない。残虐だからといって手を緩《ゆる》めれば、俺たちのほうが悲惨な目に遭《あ》わされる。俺たちは逃亡者なんだよ」

「……そうですね。捕まったときのことなんて考えたくもないです。手段は選んでいられません」

あまりにも残虐な兵器のため、転生前の世界では地雷の使用は国際法で禁止されていたほどだ。

俺だって好きで使っているわけでなく、できれば怖気《おじけ》づいて逃げてくれればいいとすら思っている。

そんなことを考えながら、また一つ地雷を埋めた。

地雷が発動したという事実は、こちらにとってプラスでもマイナスでもある。

プラスとしては敵の戦力を削《そ》いで恐怖を植え付けたこと。

マイナスとしてはしっかりとこちらの後を敵が追えているということ。

痕跡は消すように努力しているが、二百人の大所帯。

プロの目なら痕跡を見逃さず追いかけることは可能なのだ。

◇

それから三十分後、また地雷が発動した。

クロハガネの面々すら驚いている。

音が近いな。

地雷の利点として、敵がどこまで近づいているかを確認できることもあげられる。

一発目の地雷が発動したポイントとタイミング、二発目の地雷の発動したポイントとタイミングを比較してみたが、敵の足が鈍っているのは間違いない。

そうでなければとっくに追いつかれているはずだ。

こっちの方は、先頭が地下通路への入り口にたどり着いて、次々に地下へ向かっているところ。

……今のペースを試算すると、このままじゃ三分の二ほど通ったところで、敵がここにたどり着いてしまう。

さて、どうしたものか。

万が一にも、この地下通路を知られるわけにはいかない。

すぐにでも、地下通路を隠して陸路での移動に切り替えるか……。

いや、それはないな。

陸路を行けばすぐ追いつかれる。敵は複数、ドワーフは戦い慣れていない、俺《おれ》一人でこれほどの追跡が可能な精鋭複数からみんなを守り抜くなんて不可能。

なら、やることは一つか。

「プレゼントだ、錬金術の発明で望遠鏡という。それも夜でも見える特別仕様だ」

「ただのプレゼントじゃないですよね？」

「仕事を頼みたい、ここに残って敵が来ないかをそれで見張ってくれ。それで敵が見え次第、地下通路から下るのを止めさせて、サーヤ《や》は地下へ行き、残りのメンバーで地下通路の入り口を隠して陸路を行くように指示を出すんだ。そのとき地下から入り口を塞《ふさ》ぐのも忘れるな」

敵のペース、望遠鏡の可視距離を考えれば、敵が見えてすぐなら地下通路を隠し、逃げるだけの余裕がある。

そうすれば最悪の場合でも先行して地下へ向かったクロハガネの民とサーヤは助かる。

「ヒーロさんはどうするんですか？」

「このままじゃ、時間がなさすぎる。俺は、ここを離れて迎撃して時間稼ぎだ。そうすれば、全員が地下に潜る時間が稼げるかもしれない。悪いな、最後まで護衛できなくて」

守れないなら、こちらから仕掛ける。

むろん、すれ違いになってクロハガネの民が襲われるリスクはあるのだが、このままここで迎え撃つより、こちらから攻めるほうが勝算は高い。

「わかりました、私も行きます」

「見張りはどうする？」

「他の人に任せます！」

殿を務めている、ドワーフの一人に望遠鏡を渡し、俺の考えを告げる。

「危険だ。そもそもおまえを確実に逃がすための作戦だ」

「危険だからこそです。私はクロハガネの姫でドワーフ最強です。民を守る義務があります」

「普通の姫様っていうのは守られる立場なんだがな」

「王子様に言われたくないです」

俺たちは笑い合う。

たしかに、背中を守ってくれるだれかは欲しかったところだ。

サーヤなら、申し分ない。

むろん、ドワーフたちもサーヤを止めようとするが、なんと一喝《いっかつ》で黙らせた。

……本当におてんば姫だ。

俺たちは二人で逆走する。

みんなが逃げる時間を稼ぐために。

◇

ある程度距離をとったところで、足を止めて息を整える。

今までは逃走だったが故《ゆえ》に、目立たないようにしていた。

だが、今の俺とサーヤの役割は時間稼ぎであり、敵の殲滅《せんめつ》。

こちらに気付いてもらわないといけない。

「覚悟はいいか」

「いつでもオッケーですよ。必殺のふぉっくスラッシュが火を吹きます」

なんだ、その妙に可愛《かわい》い必殺技は。

まったく、こんなときなのに緊張感が薄れてしまいそうだ。

「なら、行こうか。呼び水はここにある」

俺はもともとちょっとした余興のために持ってきた玩具《おもちゃ》を使う。

だけど、この状況において最大限効果を発揮するだろう。

導火線に火をつけて空に投げると爆音と共に、カラフルな炎の花が咲き周囲を照らす。

どうしようもなく目立つ光景。

「うわぁ、綺麗《きれい》です」

そして、その美しさは戦場にあってもサーヤの心を魅了した。

「それから、おまけだ。ここにいると叫べ」

「そういうわけですね」

ここへ向かいながら作った即席の拡声器を渡すとサーヤがにやりとする。

そして、思いっきり息を吸い込んだ。

「私は、サーヤはここにいます！　私を逃したら、えらい貴族さんに怒られちゃいますよ！」

連中の目的はクロハガネの民を止めること。

だが、何よりもサーヤの確保が第一。

いくら民を確保したところでサーヤに逃げられれば首が飛ばされるだろう。

そのサーヤがここにいると叫べば無視はできない。必ず敵はやってくる。

葉っぱがこすれる音が聞こえる、
周囲に人の気配がして、剣を引き抜く音が聞こえた。

……目論見《もくろみ》どおり、呼び寄せることに成功だ。

「なんか、強そうですね」

「わかるのか」

「はい、見るからに纏《まと》う魔力が強いですし、人質時代にいろいろ見せられたもので」

サーヤの言う通り、強い。

タクム兄さんの部下たちと同等。

普通の騎士じゃない、とびっきりの精鋭たちだ。

そのうち一人が声を出す。

「サーヤ姫、お迎えにあがりました。我が主がお待ちです」

なるほど、精鋭のはずだ。

サーヤを連れ去りに来た大貴族の私兵なのだから。

サーヤは俺の後ろに隠れ、くいくいっと袖《そで》を引っ張る。

「あの、私の首に剣を当てて、動けば私を殺すって脅すのはどうでしょう？　いい感じに時間稼ぎができますよ。向こうは私が死んじゃったら困りますし」

……まさか、そのためについてきたのか？

この状況でよく頭が回る。

いい案ではあるが、今回は必要ない。

「いや、いい。力技で行く」

「でも、かなり強い上に向こう五人もいます。ここまで強い人達なのはびっくりです」

なかなかやるな、三人は姿を見せているが二人はうまく気配を消している。

俺は、錬金術で作った特別な眼だからこそ気づけたが、どうやって気付いたのだろう？

「剣だと無理だな。なにせ、一人ひとりが俺とほぼ互角ってところだ。こうやって五人に囲まれたらどうにもならない」

数の力というのはそれほど大きい。

考えてみればいい、五人と戦うということは、一人と剣を打ち合っている間に、左右後ろからやられ放題、一人殺してもすぐに代わりが穴を埋める。

四方からの剣を同時に対処し続けるなんて真似《まね》は、大人と子供以上に力の差がなければ不可能。

「なら、さっさと剣以外で倒しちゃってください」

「ネタバレをする前によくわかったな」

「だって、ヒーロさんは敵の戦力を過小評価する間抜けでも、自己犠牲に酔って死んでも時間を稼ぐ身勝手な人でもないですから。こうして迎撃を選んだのなら勝てるはずです」

なんでもないことのようにサーヤが断言する。

笑ってしまう。

本当に俺のことがよくわかっている。

「なら、ご期待に沿うとしようか」

俺は剣士ではなく錬金術師だ。

だから、騎士道精神なんてものは持ち合わせていない。俺の土俵で戦わせてもらう。

背負っていた専用バッグから、とっておきを取り出す。

できれば、これを使いたくなかった。

なにせ、これを引き抜いた瞬間、身内を除き、見た者すべてを殺すしかなくなるのだから。

第二十四話・転生王子は虐殺する

剣士としての己《おのれ》に限界を感じ、錬金術師として戦うために準備してきた。

そのための武器を取り出す。

それは……銃。

俺は銃を兵たちに装備させるつもりはない。

人口が少ないカルタロッサ王国にとって兵の質とは重要なアドバンテージ。

しかし、銃は誰《だれ》でも手軽に人を殺せるようにしてしまい質を否定する。

しかも構造自体はさほど難しくもなく、銃という概念が広まれば容易《たやす》く真似《まね》されてしまい、そうなればどこかの未来で人口が少ないカルタロッサは絶望的な数の差で押しつぶされてしまう。そんなものを使えるはずがない。

だが、俺個人が使うとなれば話は別だ。

この銃を使うにあたり誓約を用意した。身内以外で銃を見たものはすべて殺す。

銃という概念を持ち帰らせないために。これは、その覚悟なしに使っていい武器ではない。

「……実戦では初めてだな」

地下の射撃場でそれなりに数を撃ったとはいえ、人に向けて撃つのは初めてだ。

若干、手が震える。

銃への信頼がないわけじゃない、すでに人殺しの経験をしたというのに未《いま》だに忌避感があるせいだ。

それを飲み込み、銃を組み立てる。

この銃は性能要件を満たすため大型であり、携帯するにはこうした機構が必要だった。

まず、銃身がアサルトライフルなどと比べても太く長い。

アサルトライフルの口径は七・六二ミリ、対戦車ライフルで一二・七ミリ程度なのだが、こいつは二五・四ミリと規格外。

口径が大きくなれば弾丸は大きくなり、込められる火薬の量も多くなり威力が跳ね上がる。

当然、反動も比例して増え、こんなものは人間に使える代物ではなく、反動を抑える機構をつけた上で、俺自身が全力で魔力による身体能力強化をしてぎりぎり運用できる代物。

でかいのは銃身だけじゃない。

給弾機構と弾倉もでかい。

弾丸がでかくなれば、そうなるのも必然。なおかつ、でかい弾丸を大量に詰め込むために弾倉も長大になった。

そして、全体的に銃には分厚く魔物素材が使われている。

超火力を耐えるには、それなりの強度がいるし、反動抑制機構も大型化に拍車をかける。

一般的なアサルトライフルの重量は五キロ弱だが、こいつの重量はおおよそ十キロ強。

鉄より軽く、強度がある魔物素材を使ってもこのざまだ。もし鉄で作っていればさらに巨大で重い銃になっていた。

「やはり、重いな」

苦笑しながら、銃を構え、敵である精鋭五人に狙《ねら》いをつける。

こんな化物《ばけもの》を作ったのは趣味ではない。

必要だからだ。

俺の世界にある銃というのは人間を効率よく殺すための設計に過ぎない。そのラインで威力を定め、威力を抑えた分、他の性能を底上げしている。

しかし、魔力持ちというのはその速さも防御力も人間なんてものを超越している。

常識的な銃では魔力持ちは殺せない。

俺の銃は、規格外、その筆頭であるタクム兄さんクラスを殺しうるものを前提に設計してあり、こうなった。

ぎりぎりまで敵を引きつける。

こいつの真価は、おおよそ十メートル以内で発揮されるのだから。

「サーヤ、耳を塞《ふさ》いで俺の背中に張り付いておけ。絶対前に出るな」

「わかりましたっ！」

サーヤがキツネ耳をぺたんと倒しながら背中にくっつく。

この銃の性質上、狙いがかなり大雑把だ。

前に出られれば確実に巻き込むし、あほみたいな量の火薬を詰めた弾丸は対策なしでは鼓膜が一瞬でいかれる。

剣を抜いた五人が殺傷圏内《キルゾーン》に入る。

鋼鉄の化物、その引き金を引いた。

「……っ」

圧倒的な破壊の雨が降《ふ》り注《そそ》ぐ。

弾倉へ大量の弾丸を詰め込んだことには意味がある。それだけの弾丸を一瞬で吐き出してしまうからだ。

分速三百発もの速度で超大型口径の弾丸、対戦車ライフルの二倍というふざけたものを吐き出す。

全力で身体能力を強化し、考えうる限りの反動抑制機構を積んでるのに、それでも身体がふっとばされそうになる。

その分威力は絶大。

俺と同格に強い剣士が、ミンチになり、目の前にある木々がぶち抜かれ、砕かれ、景色から消えていく。

眼《め》の前にあるものすべてが消えていき、風景が変わる。

これだけの広範囲に攻撃が及《およ》ぶのにはわけがあった。

放たれているのは散弾。

そう、これは超大口径でフルオート射撃が可能なショットガン。

現実ではありえない非常に頭が悪い武器。

なにせ、ショットガンは至近距離での一撃必殺で運用されるもので、連射は必要ない。

しかし、タクム兄さんレベルを相手に考えるならこれ以外の選択肢はなかった。

タクム兄さんなら、音速を超える弾丸をも躱《かわ》してしまうだろう。そして、一度躱し、銃というものを理解すれば二度と当てられない。

なにせ、銃口が向いている方向に弾丸を吐き出すという構造上、銃口の直線上にいなければ弾は絶対に当たらない、タクム兄さんならそれを敢行しながら押し切ってくる。

タクム兄さんクラスに当てるには、点や線での攻撃ではなく面での攻撃が必要であり、散弾、つまりはショットガンにするしかない。

そして、ショットガンは広範囲に弾が散らばるため、散らばった弾の一発一発は威力が落ちる、これだけ大型弾丸でも威力に不安が生じてしまう。

ならば、その威力を補うには数だ、連射すればいい。

そうして、完成したのがこいつだ。

タクム兄さんでも躱せない広範囲に、超火力の弾丸を、凄《すさ》まじい勢いで放ち続ける。

「……これが、こいつの力か。タクム兄さんすら殺しうる」

十秒ほどで弾倉にあった弾を撃ち尽くし、弾倉交換する。

再び引き金に指をかけ、その必要がないことに気付いた。

……一人残らず死んでいる。

わずか十秒で、精鋭たちがひき肉に変わったのだ。

俺の目論見《もくろみ》どおり、一流の剣士でも散弾は躱せず、無数の弾一つ一つが魔力で強化された肉を穿《うが》って動きをとめ、次の瞬間には次弾が襲いかかり、あっという間にミンチの出来上がり。

あまりにもふざけた光景だ。

剣士たちの、鍛錬を全否定する鋼《はがね》の化物。

俺と同格の剣士たち五人が、何もできず、ただ理不尽に命を落とした。

「あっ、あの、これ、すごすぎないですか？　ちょっと、怖いぐらいです」

爆音から身を守るために倒していたキツネ耳を伸ばしながら、サーヤがしがみついている。

その体は震えていた。

かなり、ショッキングな光景だったようだ。

「俺も怖いよ。……俺たちみたいな魔力持ちはさ、まず死なないって思ってる。なにせ、一般人と比べ物にならないほど速くて頑丈だからな。だが、こいつを持ち出されたら、ただの人間と同じだ。俺たちの強さが誤差になる」

「同感です。こんなものが当たり前になったら、そう考えると背筋が凍ります。だって、もう、引き金を引く指があれば、誰でも無敵の兵士で、命が、強さが、全部無価値です」

サーヤは頭の回転が速いだけあって、すぐに本質を見抜いてしまった。

おおよそ、ありとあらゆる剣士たちの鍛錬を、その魂を無意味にしてしまうことに。

「そうだな。だが、これがあったから俺たちは助かった。……もし、命の価値、強さの価値、それをそのまま受け入れていれば、俺たちは死ぬしかなかった。そういう当たり前をひっくり返すために発明はあるんだと思う」

震えるサーヤの肩に手を回して抱き寄せる。

すると、サーヤは素直に身を預けてきた。

違和感がある、サーヤは怯《おび》えて震えているままだ。だけどそれだけじゃない。サーヤの身体が熱く、頰《ほお》が紅潮している。

熱い吐息を吐くようにして口を開いた。妙に色気があって、どきりとしてしまう。

「怖いです。でも、その、変な子だと思わないでくださいね……怖いですけど、とっても面白《おもしろ》そうって思ったんです。後ろから見てると基本的な構造はわかって、たぶん、私、それ作れちゃいます。作りたい、私なら、こうするって、ずっとアイディアが浮かぶんです」

好奇心、いわゆるモノづくりへの欲求が爆発《ばくはつ》している。

純粋で、まるで新しい玩具を与えられた子供のように。

眼の前で、これだけ凄惨《せいさん》な光景が繰り広げられているにもかかわらずだ。

この子は発明に向きすぎている、それが頼もしくもあり、怖くもあった。

諌《いさ》めるべきか、応援すべきか……。

「俺の国に来たら、やってみるといい」

応援することに決めた、サーヤのメンタルと能力はカルタロッサ王国の武器になる。

「はいっ！」

とびっきりの笑顔をサーヤは見せてくれた。

俺の決断は間違っていないはずだ。

「それより、向こうに戻ろう。おそらく、もう追手はいないはずだ。俺たちは地下への入り口を入念に隠してから陸路で海へ向かうぞ」

「みんなの無事が気になります！」

そうして二人で走り出す。

それから一度だけ振り向いた。

俺が鋼の化物で生み出した光景を胸に刻むために。

これから、カルタロッサ王国を救うために、こういったことをまたするだろう。

だが、躊躇《ちゅうちょ》することはない。

覚悟はもう決めている。

◇

俺たちが地下への入り口に戻ったころには、クロハガネの民は全員地下へと進んでいたようだ。

入り口を開くと、地下道が崩落していて先へ進めなくなっている。

ちゃんと言いつけが守られており、安心した。

……これでもうクロハガネの民は大丈夫。

地下を進む限り、追手に気付かれることはない。

「これだけ念入りにやれば安心ですよね」

「ああ、仮に見つかっても扉を開けることすらできないしな」

俺の錬金魔術による分解・再構成を使っている。どんな馬鹿力《ばかぢから》でも扉は開けられないだろう。

これでもう奴《やつ》らが秘密ドックにたどり着くことは考えられない。

そして、気配を感じて振り向く。もう一つの懸念《けねん》が減ったようだ。

「ただいま。遅くなったわ。もう、あらかた終わったようね」

ヒバナが追いついてきた。

よほど急いで来たのか、珍しく息が乱れている。

「ああ、終わったよ。ヒバナのおかげでずいぶん楽ができた」

「そう言ってもらえると嬉《うれ》しいわ。私としては七人も通してしまったのはショックだけど」

地雷で二人、ショットガンで五人、数は合うな。

「七人もじゃなく、七人しかだ。なんとなくわかる。あの七人よりもよっぽど強いやつと戦ってきたんだろう」

俺も長年、剣の鍛錬をしてきた。

だからわかるのだ。

今のヒバナは限界まで高めた闘気の残り香がただよっている。ヒバナにそこまでさせる相手ならば、俺が対峙《たいじ》した相手より数段格上。

「驚いたわね。その通りよ。ヒーロの武器がなければ勝てなかったわ。その人について話があるの。……でも、話すのは走りながらにするわ。きっと、みんなが待っているもの」

「はいっ、私も賛成です！」

「そうだな、行くか」

俺たちが来なくとも、夜明け前には出発するように伝えているが、きっと彼らはそうはしないだろう。

少しでも速く合流し、暗いうちに船出しないと。明るくなると万が一がある。

新たな居住先に連れていくまでが俺の役目だ。それまであと少し、頑張ろう。

エピローグ・錬金術師はやり遂げる

追手がいないかを徹底的に確認しながら地上ルートで秘密ドックにたどり着く。

あの精鋭たち以外は、潰《つぶ》した道の迂回《うかい》に手間取っているようで、俺たちに追いつけなかったようだ。

「やっぱり、まだ出発していなかったか」

船からクロハガネの民たちが手を振っている。

俺たちを待ってくれていたようだ。

「サーヤ、早く行ってやれ」

彼女の背中を押す、サーヤは二歩、三歩と歩いてから振り向く。

「あの、ヒーロさんとヒバナさんは」

「俺たちは小型船で追いかける。まずないと思うが、万が一、船で追いかけられたときのためにな。小型船のほうが戦闘力に優れている」

小型な分、速度があるし、あっちには強力な武装がある。

だからこそ、護衛に向いている。

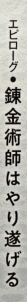

どんな船が来ようとも、即座に沈めることができるだろう。

何があっても敵を、新しいクロハガネに案内するわけにはいかない。

「私もそっ……いえ、また、向こうで！」

「ああ、新しいクロハガネで会おう」

サーヤがエスポワールに向かって走る。

「サーヤはヒーロと一緒にいたかったみたいよ」

「そうだな、だが、クロハガネの民に自分が必要だとも理解しているよ」

サーヤが付いて行きたいと言いかけて止《や》めたのは、クロハガネの民を安心させるため。

緊急での出発になり、ただでさえ不安な新天地への移住なのに、より心細くなっている。

心の準備ができていないし、精神面以外にもまだ向こうの環境が整っていないという問題や、本来持っていけたものを持っていけてないという不安要素がある。

だからこそ、サーヤは向こうにいてみんなを安心させなければならない。

それが、姫たるサーヤの役割だ。

サーヤが船に乗り込んでからすぐに船が出発する。

外部スピーカーが起動した。

「ヒーロさんとヒバナさんのおかげで、全員ちゃんといます。二人がいなければ、きっと駄目でした。だから、ありがとう！」

「礼を言うのは早い、ちゃんと向こうへ着いてからだ」

船のソナーでこちらの言葉は聞こえているはずだ。

「そうですね。では、行ってきます！」

船が出港する。

さて、この大陸は無事出発できた。

もう一息頑張ってみよう。

◇

無事、船は居住先の島にたどり着いた。

警戒していた船での追跡はなく、平和な航海で助かった。

夜明け前に出発できたこともあり、そろそろ日が沈み始める頃あいだ。

今は、事前作業班が村にするため平地にした場所で、夜露を凌《しの》ぐための簡易住宅を作りつつ、炊き出しをしている。

ちなみにヒバナはいない。無事、エスポワールがこの島に着いてすぐにクロハガネへと戻った。凄腕《すごうで》の剣士を連れてくるらしい。

彼が俺に仕えると決めた経緯は聞いている。カルタロッサ王国にとって、凄腕の剣士が加わるのは非常にありがたい。

ただ、扱いには気をつけよう。寝首をかかれかねない。

「……すごい光景だな」

ドワーフたちは一人残らず、土木工事ができるようで魔法を使いながら凄《すさ》まじい勢いで、石材と土を材料にした家を作っていく。彼らいわく、お手軽にできる簡易住宅らしい。

しかし、簡易とはいっても、カルタロッサで農民たちが暮らしている家より、よほどいい家だ。

人間の場合、人数がいても、人数に比例して作業効率が上がるなんてことはない。知識と技術を持つ人間は一握りで、指示を出せるものは限られ、それぞれの持つ技術に応じて任せられる仕事も変わる。

だけど、ここにいるのはよほど幼いものでない限り、全員が知識と技術を持ちフル稼働。

「めちゃくちゃだ。これがドワーフの力か、過小評価していたようだ」

彼らなら、十日もあれば簡易的なものではなく、本当に街を作ってしまいそうだ。

「ふふふっ、驚きました？　これが私たちドワーフの力です！」

呆然《ぼうぜん》としている俺の元にサーヤがやってきた。

どことなく疲れた顔をしている。

安全のため、少しでも早く移住先へたどり着く必要があり、ドワーフで最高の魔力を持つサーヤは、常に動力担当だったらしい。

そのため、魔力はすっからかんで家作りからは外れており、エプロンを身に着けて食事の準備をしていた。

「意外と似合うな、エプロン」

「意外とはなんですか！　私、こう見えても家事はばっちりなんですよ。なにせ、私が料理を作るって言っただけで、みんなのやる気が二倍になるくらいです」

それは誇張ではなかった。鬼気迫る様子で男ドワーフたちが作業に打ち込んでいる。

……たぶん、それは味ではなくサーヤが作ってくれるって事実が嬉しいだけだと思うが。

サーヤは姫であり、アイドルのようなものなのだ。

「それで、なんの用だ？」

「えっと、ご飯ができたので呼びにきたんですよ。あの、集会場（仮）に行きましょう」

集会場（仮）とやらを指差す。

そこにはすでに立派な建物があった。平屋ではあるが二百人ぐらいなら簡単に入るし、小奇麗《こぎれい》でよくよく見ると、快適に過ごせるように様々な工夫がされているし頑丈な作り。

「あそこまで立派な建物は俺の国にもないぞ」

「ふふふっ、個人の家ができるまではしばらく共同生活をしますからね。あれぐらい立派じゃないと。長老たちが本気を出しました。魔力量では私のほうが上でも、長年生きてるだけあって無駄に技術力はありますからね！ でも、まだまだです。ドワーフの集会場なんですから、いずれ時間をかけてちゃんとしたものにしないと。そのとき（仮）がとれるんです！」

「……意外とおまえら余裕があるな」

夜通し逃げて、不安に怯《おび》えながらの船旅。

正直、掘っ立て小屋を建てたら死んだように眠ると思っていた。

「みんな、船の中でぐっすり眠ってましたしね。どこでも寝れるのもドワーフの強みです」

「そんな中、一睡もせずに全力を出していた馬鹿《ばか》もいたようだが」

正直、あの時間に出発してまだ明るいうちにたどり着けたのは、サーヤが無茶をしたから。

俺の想定では日が沈んでからの到着だったのだ。

「ここで無茶をしないでいつ無茶をするんですか」

そう強がりを言って、ふらっと倒れそうになったので支える。

「寝ろ。ぼろぼろだ」

「寝ますよ。でも、祝杯をあげてからです。ちゃんと、私がみんなに宣言しないといけないんです。もう、怖くないところへ来られたって、新しい生活が始まったって。そうしないと、心が引っ張られちゃいます」

「それは長《おさ》の役目じゃないのか？」

「ふふふっ、実務はともかく人気があるのは私なんですよ！」

まったく、しんどいときほど茶化《ちゃか》すのはサーヤの悪癖だ。

口調は冗談じみているが、内容は的を射ているだけに反論できない。

「わかった。なら、これを飲め」

「あっ、その元気がでるお薬ですね」

「特別だ。……自分じゃ気付いていないだろうが、ひどい顔だ。そんな顔じゃ、場の空気が冷える」

魔力欠乏症一歩手前、体力的にも限界、そもそも寝てないせいでくまもできている。

眠っていないというのは、昨日だけじゃない、サーヤはエスポワールの改装で毎晩徹夜をしていた。

「あはは、そうですね。ありがたくいただきます。個人的にも助かりました」

貴重な材料を使うだけあって、滅多《めった》に使えないが、これだけ頑張ってくれたんだ。

今回は使っても良い。

これなら、万全とはいかないまでもかなり体調は回復するだろう。

◇

料理ができたので、全員作業を止めて集会場（仮）に集まる。

にしても、本当にいい部屋だ。……カルタロッサ王国にもほしいな、これ。

民を集めるイベントは多いのだ。

サーヤを始めとした女性たちが作ったのは、ヤギ乳と大麦を使ったミルク粥《がゆ》だった。

全員、疲れていることもあり消化にいいものを選んだのだろう。

そして、麦粥の他にドワーフが作る地酒が全員に振る舞われる。

ドワーフという種族は酒が好きで子供のときから酒を飲むし、うまい酒を作るために何代にもわたって研究をしていたらしい。

ただ、そんな贅沢かつ手間がかかるものを作る暇があるなら鉄を打てと、酒は没収され、酒造りも禁止されていたのだ。

だが、とっておきの酒を一樽《たる》だけ隠し持っており、自由を取り戻したときにそれを飲んで祝おうと決めていたらしい。

事前に物資を運び込もうと決めたとき、ドワーフたちが何よりも先に運ぶと決めたのがこの酒だ。

「俺まで、この酒をもらっていいのでしょうか？」

いつの間にか、サーヤがいなくなり、代わりに現れたサーヤの父親、クロハガネの長に問いかける。

「もちろんです。あなたのおかげでこうして全員が新天地にやってこられた。自身の眼《め》で見て確信しました。ここならうまくやっていけると。クロハガネの民は救われたのです。種族は違えど、あなたは恩人で家族だ」

まっすぐに、そう言われると照れる。

「では、ありがたくいただきます……それと、サーヤはどこに？　一番がんばったのはサーヤだ。なのに、祝杯にいないのは可愛そうです」

「心配しなくともいい、もうすぐ来ますよ」

長がそういうと、部屋の奥からどよめきが聞こえてくる。

そちらを見ると、サーヤがゆっくりと歩いてきた。

サーヤを見る男は見惚《みと》れて感嘆の息をはき、女は羨望《せんぼう》の眼差《まなざ》しを贈る。

ドワーフの民族衣装らしきものを着て、薄く化粧をしていた。

そんなサーヤは俺の前に座った。

「さっきのお薬、助かりました。化粧だけじゃ、いろいろと隠せないぐらいボロボロでしたから。……あの、鏡を見た感じ、綺麗《きれい》になったと思うんですが、その、どうですか？」

「綺麗だよ。信じられないくらい」

サーヤは絶世の美少女だ。

だからこそ、大貴族すら心を奪われた。

しかし、今まではクロハガネの民を救えない無力さから悲愴感を身に纏い、ずっと無理をしてきた澱《おり》がたまり、彼女の美しさを損ねていたのだと気付く。

こうして、不安が消えて本来の美しさを取り戻し、化粧をして着飾った彼女は、この世のものとは思えないほど綺麗だった。

「良かったです。誰よりもヒーロさんにそう言ってもらえて」

そんな綺麗なサーヤが、微笑《ほほえ》むものだから心臓が高鳴る。

それから、身にまとう空気を変えた。親しみやすい少女から、民を導く姫のものへと。

「ヒーロさんはクロハガネを救いました。契約に従い、私、サーヤ・ムラン・クロハガネはあなたのものになります」

美しいお辞儀。

「ああ、よろしく頼む」

「そして、もし叶《かな》うなら。私はヒーロさんと別の意味でも共に歩みたいと思いました。私、ヒーロさんのことが好きです。もちろん、ヒーロさんは一国の王子ですから、正妻なんて言いません、どんな形でも愛してほしい。……駄目ですか？」

顔を上げ、上目遣《うわめづか》いで見てくる。

これはプロポーズか。

頷《うなず》けば、こんなに綺麗で、強くて、有能で何より一緒にいて楽しい少女が手に入る。

「返事をする前に一つ確認したい。それはクロハガネの民を庇護《ひご》してほしいから言っているわけじゃないんだな?」

「違います。私がそうしてほしいからです。生まれて初めて、男の人を好きになりました」

「そうか、……なら、俺の想《おも》いを伝えよう」

言葉を選ぶ。

彼女の本気に応《こた》えるための言葉を。

「俺は君と愛し合うことはできない」

「……あっ、あはは、そうですよね。変なことを言ってごめんなさい。その、私が好きなだけで、ヒーロさんが私を好きじゃないなんて、全然おかしくないですから」

サーヤが笑う。

それは彼女がずっとまとっていた嘘《うそ》の笑顔。

「サーヤのことは好きだよ。魅力的な女性だと思う。君に惚《ほ》れない男はいないし、俺も例外じゃない。きっと、君と結ばれたら、幸せになれるだろう」

「嬉しいです。それでも、駄目な理由を聞かせてもらっていいですか? あの、立場の問題なら、愛人とか、そういうのでもいいんです」

息を吸って覚悟を決める。

これから口にすることは、俺にとって芯《しん》の部分。

だからこそ勇気が必要だった。

「……俺は一人の女性を救うために俺の国を救うと決めた。そして、それはまだ道半ばだ。怖いんだよ。その人を救う前に、他の誰かを愛してしまったら、その人への想いが薄れて、これまでやってきた全部、投げ出してしまうんじゃないかって」

偽らざる本音だ。

俺は姉さんを救うまで、誰かと愛し合うつもりはない。

もし誰かを愛するなら、カルタロッサの救国、いや興国が終わった後だ。

「もしかして、ヒバナさんを恋人にしないのもそれが理由ですか」

「ああ。人に話すことじゃないが。本気で気持ちを伝えてくれたサーヤに嘘はつきたくなかった。だから、今は誰の想いにも応えられない」

俺の一番、深いところであり、この話をしたのは他にヒバナだけだった。

「そうですか。なら、諦《あきら》めます。……今は」

そういうと、サーヤが飛びついてきて、押し倒される。

そして、そのまま唇を合わす。

情熱的なキス。

「んっ、いったい何を」

「私の本気を伝えようと思って。ちなみにファーストキスです」

サーヤは俺に覆《おお》いかぶさったままで、にっこり笑う。

「安心しました。私のことを好きで、〝今は〟って言ってくれて。……私、諦めの悪さには自信があるんです。だから、決めました。ヒーロさんのお手伝いをして、その人を救う。それが終わったら、もう一度告白します」

「かなり、先の話になるぞ」

なにせ、姉が嫁いだのは強国であり、姉を無理やり連れ戻せば報復を受ける。

加えて、いつ隣国が攻めてくるかわからない。

姉を取り戻すには、まず国を豊かにし、軍事力を上げ、隣国を撃退する。

その上で、あの強国に喧嘩《けんか》を売っても問題ないほどの国力を得つつ、外交での根回しを終えてからだ。

「同じことを何度も言わせないでください。私は諦めの悪さには自信があります」

「そうか。なら、もう何も言わない。好きにしてくれ」

「もちろんです」

サーヤと笑い合って、体を起こす。

サーヤは俺の手を引っ張って立たせ、酒の入ったグラスを持たせる。

「みんな、ごめんなさい。ほんとだったら、婚約祝いと新しいクロハガネ誕生を祝って乾杯したかったんですが、失敗しちゃいました。だから、私とヒーロさんの両想い、それから新しいクロハガネの誕生を祝っての乾杯にします！」

サーヤの明るい声に反応して笑い声が響く。

……男どもの三分の一ぐらいが号泣しているが、気にしないようにしよう。

「では、みんな。乾杯！」

「「「乾杯」」」

グラスをぶつけ合う。

この瞬間、クロハガネの過去は拭《ぬぐ》いさられ、新しいクロハガネが生まれた。

それにより、カルタロッサ王国はドワーフたちという強力な人材と鉄、そしてこの島にある金の鉱山を入手することに成功した。

それらにより、武器、資金、技術力、生産力が得られる。

これで隣国に対抗するカードは揃《そろ》った。

冬の間、これらの材料を存分に使い強国となり、春になればかの国を打倒し、奪われたものを取り戻すのだ。

あとがき

『転生王子は錬金術師となり興国する2』を読んでいただき、ありがとうございました
著者の『月夜　涙』です。

一巻で、興国すると宣言したヒーロが、国を強く豊かにするため、欲したのは鉄をはじめとした資源。二巻ではそれを得るために海の向こうへと旅立っていきます。

新たな大陸では新しい出会いが彼を待っていた。そして、錬金術の秘密が明かされます。

ヒバナとの関係も進展したりと盛りだくさんな一冊、ぜひ、楽しんでください！

宣伝

マンガUP！様で、コミカライズ企画が進行中です。コミックの世界でも転生王子の世界を見てやってください！

また、他社様になりますが、スニーカー文庫様にて『世界最高の暗殺者、異世界貴族に転生する』を刊行中！　凄まじく勢いがある大ヒットシリーズです。道具として生きた暗殺者が、転生し、今度は自分のために生きる。アサシンズファンタジー。

本作品が好きな読者様はきっと楽しめます！　おすすめです！

謝辞

新堂《しんどう》アラタ先生、素敵なイラストをありがとうございます。新ヒロイン、とてもかわいかったです。

担当編集の宇佐美様。いつもながら素早く誠実な対応、非常にありがたく思っています。

ＧＡ文庫編集部と関係者の皆様。デザインを担当して頂いたAFTERGLOW様、ここまで読んでくださった読者様にたくさんの感謝を！　ありがとうございました。

ファンレター、作品の
ご感想をお待ちしています

〈あて先〉

〒106－0032
東京都港区六本木2－4－5
SBクリエイティブ（株）
GA文庫編集部 気付

「月夜　涙先生」係
「新堂アラタ先生」係

本書に関するご意見・ご感想は
右のQRコードよりお寄せください。

※アクセスの際や登録時に発生する通信費等はご負担ください。

https://ga.sbcr.jp/

転生王子は錬金術師となり興国する2

発　行　　2020年5月31日　初版第一刷発行

著　者　　月夜　涙

発行人　　小川　淳

発行所　　SBクリエイティブ株式会社

〒106-0032

東京都港区六本木2-4-5

電話　03-5549-1201

03-5549-1167(編集)

装　丁　　AFTERGLOW

印刷・製本　中央精版印刷株式会社

ISBN978-4-8156-0506-3

Printed in Japan　　GA文庫

試読版は
こちら!

家族なら、いっしょに住んでも問題ないよね？

GA文庫

著：高木幸一　画：YuzuKi

「そこ、部屋を裸とか下着で歩かないっ！　先輩を誘惑しないでっ！」

天涯孤独となった高校生、黒川真は、なぜか４姉妹と住むことに──。

小説家の長女、「きみは生理的にＯＫ」と、クールな高校生の次女、元気いっぱいで、真になついてくる小学生の四女、そして──。

「あ、あのっ！　あ、あたし……、黒川先輩のことが……好きです」

「君にはふさわしくないよ。俺は」

中学の卒業式に告白をお断りした後輩が三女だった!?　真面目で堅物な後輩、姫芽は同居に対してツンツン。真の方も一緒に住むことに気まずさを感じる（ですよねー）。誘惑の多い同居生活と過去の恋。甘く、もどかしい青春ラブコメ開幕！

試読版は
こちら!

試読版は
こちら!